糟糕壞小孩

鬧哄哄

THE WORLD'S WORST CHILDREN 3

大衛‧威廉（David Walliams）著
東尼‧羅斯（Tony Ross）繪

晨星出版

David Walliams

大衛・威廉幽默成長小說

大衛・威廉繪本

─── 蘋果文庫 137 ───

糟糕壞小孩：鬧哄哄
The World's Worst Children 3

作者：大衛・威廉（David Walliams）
繪者：東尼・羅斯（Tony Ross）
譯者：蔡心語

編輯：呂曉婕 ｜ 文字編輯：陳涵紀 ｜ 文字校對：陳涵紀、呂曉婕、蔡雅莉
封面設計：鐘文君 ｜ 美術編輯：張蘊方

負責人：陳銘民 ｜ 發行所：晨星出版有限公司 ｜ 行政院新聞局版台業字第 2500 號
讀者服務專線 TEL：（02）23672044 /（04）23595819#230
讀者傳真專線 FAX：（02）23635741 /（04）23595493
讀者專用信箱：service@morningstar.com.tw
晨星網路書店：www.morningstar.com.tw

法律顧問：陳思成律師
郵政劃撥：15060393 ｜ 知己圖書股份有限公司
讀者服務專線：02-23672044、02-23672047
印刷：上好印刷股份有限公司
出版日期：2021 年 10 月 15 日 ｜ 定價：新台幣 350 元
出版日期：2023 年 05 月 25 日（二刷）

ISBN 978-626-7009-52-9
CIP 873.596　　110012247

線上填回函，立即獲得
50 元購書金。

大衛・威廉

東尼・羅斯

獻給人小鬼大的亞伯特 (Albert)，
愛你的大衛「叔叔」

獻給溫蒂 (Wendy)，
全世界最重要的人

謝謝犬家

**我要謝謝下面這一整組全世界
最糟糕的大人，
謝謝他們助我完成本書。**

Tony Ross，本書繪者，我的插畫家從來就不是調皮搗蛋的小孩，他是童子軍，自有一套需要遵守的準則。不過他後來被童子軍除名，因為他把帽沿捲起，說這樣比較像約翰·韋恩（John Wayne）的西部牛仔帽。

Ann-Janine Murtagh，執行發行人安珍寧·莫塔小時候熱愛梳妝打扮，也愛玩大姊的化妝品，還喜歡讓家裡的貓歐西及狗提米一起歡樂一下。她用許多緞帶和蝴蝶結打扮牠們，還拿大姊最愛的口紅把牠們的鼻子大塗特塗！

Charlie Redmayne，哈潑柯林斯出版集團執行長查理·瑞德曼有一次把發癢粉撒在姊姊床上（不過那是因為她先將他推進刺人的蕁麻叢裡面），害他癢到不行……

Paul Stevens，我的文學經紀人保羅·史蒂文斯，有一次把小弟徹底惹毛了，弟弟拿起湯匙當作武器攻擊他。保羅逃走後，在客廳構築防禦工事，躲在裡面好幾天……

Alice Blacker，我的編輯愛麗絲·布萊克，有一次錄了一段可怕的呼吸聲，就寢時偷偷在弟弟的房間播放，她則躲在門外等弟弟房裡傳出驚叫聲。果然成功了！

Kate Burns，發行總監凱特·伯恩斯和姊姊同住一個房間，姊姊把整面牆貼滿大衛·卡西迪（David Cassidy）的海報。有一天，凱特拿紅筆把每張海報上的大衛·卡西迪都畫上鬍子……

Rachel Denwood，發行人瑞秋·丹伍德，有一次在父母的羽絨被發現一個洞，於是把裡面每根羽毛都抽出來！

Samantha Stewart，主編莎曼珊・史都華，家裡的廚房地板有一個洞，她會用腳拇趾把蔬菜推進洞裡，逃避吃青菜……

Val Brathwaite，創意總監薇兒・布拉斯韋特，被小妹惹毛太多次，決定給她一個教訓，在她的燈籠褲裡面裝滿沙子……

Geraldine Stroud，我的公關主任潔拉汀・史特勞德，每次跟大哥玩棋盤遊戲一定靠作弊取勝。她有一項獨門絕技：趁大哥不注意時從大富翁銀行偷偷拿幾張玩具鈔票！

Alex Cowan，行銷總監艾力克斯・科溫，七歲那年哄騙堂妹相信膠水棒是唇膏。

 **Margot Lohan**，公關瑪格・洛翰，會偷吃甜食，被發現時就拚命尖叫，一直不停大叫，叫到她可以保住甜食為止。

Tanya Hougham，我的有聲書編輯譚雅・霍罕，有一次在一面剛漆好的牆上畫了一隻大老虎，那還是她父母新買的房子。

全世界最棒的設計團隊：

Sally Griffin，莎莉・葛瑞芬，有一次蹺課，不料遇見校長，她唯一的辦法就是盡快逃離現場！

Matthew Kelly，馬修・凱利，決定放學後不要寫報告，改去釣魚。被發現後，他被迫寫報告寫到三更半夜，還要向同組組員一個一個地道歉，害他覺得超丟臉……

David McDougall，大衛・麥杜格，在一張新地毯上打翻一罐油漆。他沒有坦白認錯，而是把地毯塗成另一種顏色！

David Walliams 大衛・威廉

美利堅合眾國
總統的親筆信

　　全球各國人民，大家好，歡迎閱讀本書——就個人淺見來看，這是史上最了不起的一本書，但還是沒有我寫的書來得好。

　　我全世界最要好的朋友（說不定也是唯一的朋友）是「老衛」——大衛·威廉——很榮幸為他的這本著作寫序。我是他所有作品的忠實讀者，《糟糕壞小孩》是我最愛的一本，因為內容以圖片為主，而且我只看了那些圖，沒看字。

　　處理一整天漫長又艱辛的總統級事務後，我常常打電話給老衛尋求建議，他總是會貢獻一些很妙的點子。

　　「不要怕改變一下髮型！」

　　「記住，如果你的膚色跟蜜糖橘一樣，那你就太橘了！」

　　「你有沒有想過推出個人專屬的總統周邊商品？總統早餐穀片、總統著色本、總統拖鞋、總統指尖陀螺、總統泡泡浴，還有總統褲褲如何？你可以藉機大賺一筆！」

　　老衛不愧是生意高手，我向來感謝他的睿智。

　　有時候，老衛也會向渺小又年老的我尋求建議。最近我們一起前往美麗的英國城市黑潭度假，坐在碼頭邊共享一份碎腸。老衛忽然轉頭對我說：「總統先生，我正在寫《糟糕壞小孩：氣嘟嘟》的續集，我絞盡腦汁也想不出要取什麼書名。拜託您，可以幫幫我嗎？」

我們倆在那裡坐了一整夜，用腦過度到頭痛欲裂。我們想了一個又一個書名，但總覺得都不太好。

- ⭐ 全世界最糟了個糕的小孩
- ⭐ 糟糕壞小孩二：第二部
- ⭐ 糟糕壞小孩二又二分之一
- ⭐ 糟糕壞小孩三部曲：西斯大帝的復仇[1]
- ⭐ 又來一本糟糕壞小孩：幫幫忙好嗎，威廉什麼時候才肯罷休？
- ⭐ 糟糕壞小孩四
- ⭐ 哈利波特與哲學家石
- ⭐ 神偷阿嬤[2]
- ⭐ 全世界最乖的小孩
- ⭐ 落花生

　　正當我們決定認命並收工時，老衛想到一個天才點子。

　　《糟糕壞小孩：鬧哄哄！》

　　我們倆都相當肯定，氣嘟嘟的下一個是鬧哄哄，這個書名看起來完美無比。這證明了老衛就像我一樣是個天才。他立刻打電話給忙碌的代筆人芭芭拉·史陶特（Barbara Stoat）（她不但幫他代寫著作，連購物清單都是她列的），就這樣，轟！《糟糕壞小孩：鬧哄哄》正式問世！

　　我們還在想下一集的書名。

獻上我的愛與吻
美國總統

1 模仿《星際大戰三部曲：西斯大帝的復仇》。
2 作者另一本著作。

目錄

壞蛋三胞胎

壞蛋

大壞蛋

超級大壞蛋

壞蛋
三胞胎

　　從前，有一組壞蛋三胞胎，他們的名字是湯姆、迪克和哈利。有時候，你生了三胞胎，難免有的**乖巧聽話**，有的**調皮搗蛋**，但這組三胞胎每個都**調皮搗蛋**。

　　湯姆、迪克與哈利出生時可以說接二連三，間隔都很

壞蛋三胞胎

短，他們在子宮裡爭先恐後，你推我我擠你，誰都想搶先一步出去做大哥。你看看，三人都想要當發號施令的領袖。就因為這樣，他們從小到大都在比誰最厲害。這可是三個**糟糕**壞小孩，只想在壞事上領先群倫。而且都**超壞的**。

　　他們還是小寶寶時，湯姆、迪克和哈利會比賽誰叫得最大聲……

「啊啊啊啊啊啊啊啊啊啊啊 ！！！！」

誰最快弄壞玩具……

砰磅！

誰先咬斷嬰兒床的欄杆……

卡滋！

拿蠟筆在牆上塗鴉，
看誰塗得最亂……

「哈！哈！」

誰把最多洗澡水潑到媽媽
身上……

嘩啦！

亂丟嬰兒食品，看誰丟最遠……

啪嗒！

把手上的土抹在窗簾上，看誰抹最多……

抹 抹 抹！

誰狂飲最多牛奶……　　　　**咕嘟！**

誰打最臭的嗝……

「**嗝！**」

　　　　　　　　　　　　　　　　噗！

誰在尿布裡製造最大一坨……

幼兒時期，三胞胎會為了更多事爭輸贏，好比：

在超市滑手推車，看誰滑最快、撞倒最多老太太……

口ㄟ木！

壞蛋三胞胎

在遊樂場拿圖釘刺破其他小朋友的氣球，
惹得他們大哭……

砰！

給家裡的金魚吃一大堆飼
料，讓牠們長到比金魚缸還大……

「嘔！」

坐在聖誕老公公膝上時，放最臭的
屁……

「噗噗噗噗噗噗噗噗噗噗！」

惡搞雪人，重點在於把胡蘿蔔插在哪裡……

「嘻嘻！」

在 說 故 事 時 間
拚命啃故事書……

「卡滋！」

在托兒所唱歌時間把
鋼琴蓋砸在老師手上，
看誰最用力……

咚！ 「哎唷！」

鬧哄哄
糟糕壞小孩

誰最快破壞其他小朋友的生日派對……

可以惡搞這些事：玩派對遊戲時每次都作弊，把禮物全部打開，或是把整個生日蛋糕、蠟燭和各種東西塞進小朋友嘴裡。

「不——！」

他們還極力惡搞父親……

湯姆把父親的內褲放進冷凍庫，害他穿上後屁股凍到發青。

「啊！」

迪克把父親的髮膠換成膠水，害他梳頭時梳子黏在頭上。

黏住！

哈利把父母的床換成彈跳床，害父親跳上床時直接撞上天花板，最後只好抓著燈罩。

「救命！」

湯姆、迪克和哈利上學後，三人

壞蛋三胞胎

吵得更兇了，他們還是不停爭論誰的本領比較強：

大家安靜考試時，打最大的噴嚏……

「哈哈哈哈哈哈哈**哈啾**！」

「哈哈**哈啾**！」

「哈哈哈哈**哈啾**！」

在學校福利社丟果凍，看誰丟得最遠……

啪 嗒！

小便時，看誰把尿射進小便斗的距離最遠——哈利可

以站在十公尺外……

「萬歲！」

體育老師擔任足球比賽裁判

時，看誰能踢出最強的球並砸

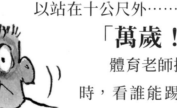

中老師……「嗅！」

在車窗上寫下最惡毒的話……

到校外看童話劇表演時，用彈弓朝飾

演端奇寡婦[3]的演員發射太妃糖，惹上有史

以來最大的麻煩……

臭褲子
噗通先
臭猴嘴

「好痛啊！」

3：《阿拉丁》中的角色，
通常由男演員反串。

鬧哄哄
糟糕壞小孩

「嗚！」

在聖誕頌歌音樂會上不唱歌，改學猴子叫，破壞表演……

「嗚！」

「嗚！」

美術課做陶器時，把陶土倒在老師身上，看誰倒得最多……

啪嗒！

科學課時製造威力最大的爆炸……

砰磅！

賽跑時把小朋友的鞋帶綁在一起，讓他們起跑時就立刻跌倒，看誰綁的鞋帶最多……

「啊！」

三胞胎每次惡整別人就會一直笑，不是那種善良親切又快樂的笑，是惡意的嘲笑。

「哈！哈！哈！」

壞蛋三胞胎

你可以想像，由於他們總是在比誰能成為超級大壞蛋，跟壞壞三胞胎直接接觸的每個人都被搞到氣炸，間接接觸被激怒的就更多了。

三胞胎漸漸長大，湯姆、迪克和哈利依舊拚命把時間花在比賽誰更粗野下流。

湯姆養成吃**耳屎**的習慣。他會沒日沒夜地拿小指摳耳朵，把又臭又黃的汙垢挖出來。睡在上鋪的他對著下鋪喊：

「閉**嘴**！看**我**！」

接著，迪克和哈利會又驚又喜地看著他吃掉耳屎，儘管嘗起來挺像在舔生鏽的攀爬架。

迪克才不會輕易認輸。他也養成一種習慣，常常把手指伸進鼻孔，挖出堆在裡面最大、最黏的一坨**鼻屎**。這孩子會把鼻屎全部黏在一起，最後變得好像一大根綠色冰柱。

然後，他會從中間鋪位大喊：

「閉**嘴**！看**我**！」

等到他成功吸引兄弟們的注意，就會開始**吸吮**那根冰柱，味道很像臭酸的高麗菜棒棒糖。

壞蛋三胞胎

　　哈利在下鋪，覺得自己有點遜。他要怎麼贏過另外兩人？哈利的肚臍總是塞滿**毛球**。充滿汗臭味、骯髒又噁爛的一坨，不曉得都是什麼鬼東西。他把那團噁心的毛球從肚臍挖出來，立刻大叫⋯⋯

「閉**嘴**！看**我**！」

　　毛球的味道說不定就像在污穢又深沉的沼澤底部挖出來的東西。用一個詞來形容，那就是⋯⋯

噁爆了。

鬧哄哄
糟糕壞小孩

　　一天晚上，受盡折磨的母親踏進他們的臥室 —— 這種事她總盡量避免 —— 為他們讀個很好聽的床邊故事。

　　「哈囉，親愛的孩子們！媽媽來了！」她歡快地宣布。母親是一位漂亮的女士，身上甜甜的香味聞起來像她為當地教會慶典所烤的美味蛋糕。她生下這三個小搗蛋後，人生彷彿被狠狠地毆了一拳。

　　三個孩子不懷好意地吃吃笑著。

「哈！哈！哈！」

　　有件事你聽見應該也不會太意外，那就是他們的父親早就逃家了。這個可憐蟲再也受不了每天遭到酷刑虐待，於是儘可能遠走高飛，離得愈遠愈好，只不過真的有點遠。他留下的信件轉寄地址很簡單，只有兩個字：

爸爸

北極

壞蛋三胞胎

母親拿著一本故事書《金髮女孩與三隻熊》[4]，靈巧地閃過兒子們為她布下的所有陷阱——**溜冰鞋、彈**

珠和**玩具**

車——這些東西

擺放的位置都經過

精密計算，好讓可憐的母親一

踩到就跌個狗吃屎。母親膽怯坐到中間鋪位的床尾，看見二兒子迪克正在啃一個又綠又黏的東西，她感到驚恐。

喀！

「親愛的理查，你到底在吃什麼？」她問道。

「我的鼻屎團。妳要不要嘗嘗？」

另外兩位男孩竊笑。「哈！哈！哈！」

「不，我不想嘗！」可憐的女士好像快哭了。「拜託，你為什麼要吃那種東西？」

「這是我天天要吃五份的其中一份！」他答道。

「那是天天五蔬果啊，我的寶貝！鼻屎不含在內！」

「可是，這也是綠色的！」迪克說。

---

4 源自於十九世紀的英國童話故事，至今已有三種廣為流傳的版本。大意講述一個闖入三隻熊屋子的小女孩，把三隻熊的粥都吃掉了。

鬧哄哄
糟糕壞小孩

湯姆與哈利再度竊笑。「哈!哈!哈!」

「不管是不是綠色的!不准你再吃自己的鼻屎!」

「那可以吃其他人的鼻屎嗎?」迪克厚臉皮地問。

「哈!哈!哈!」上下鋪位再度傳出笑聲。

「不准!」母親大叫。「拜託!幫幫忙!我為什麼不能有三個乖兒子?」她高聲問道。

卡滋!有個聲音從下鋪傳來。

「哈利!求求你告訴我,你又在吃什麼?」

「只是肚臍裡面的毛球!」

「哈!哈!哈!」

「噢,天啊。」母親開始碎唸。「噢,天啊。噢,天啊。噢,天啊。噢,天啊。噢,天啊。」就算把全世界的「噢,天啊」都說完,也無法表達她此刻的心情。「甜心,可愛的湯姆,我大膽問一句,你又在吃什麼?」

「一些剛挖出來、很好吃的耳屎!」

噴噴噴!

「哈!哈!哈!」

壞蛋三胞胎

母親驚恐地皺起鼻子，她看起來真的要哭了。「噢！要命哪！你們三個真是下流胚子。有沒有聽到？徹徹底底的下流胚子！」

「嗯，我們知道。」湯姆答道。

「下流上的，下流中的，下流下的，下流胚子。」

「我就覺得奇怪，吃飯時我端出美味的草莓布丁蛋糕杯 [5]，你們卻不餓——我現在終於明白了！」母親碎唸。「但是，孩子們，請注意我說的話，」她逐一望著每個人，平靜地說道。「如果你們吃太多某種東西，以後就會變成它。」

「最好是啦！」哈利嘲諷地說。

「這是我們的房間！」迪克說。「**出去！**無趣又假正經的大人不准進入！」

5　一種英式傳統甜點。

鬧哄哄
糟糕壞小孩

「不用擔心！我馬上走！可是，為了你們好，還是聽我的勸吧。」母親說完，轉身離開。這位女士沒有注意到面前有滑板，她一腳踩到，咻的一聲滑出去……

……慘叫一聲後，

「啊！」

砰的一聲屁股跌個狗吃屎。

「晚安，親愛的媽咪！」三個男孩異口同聲喊道，母親淚眼汪汪地奪門而去。

「哈！哈！哈！」

要是你叫湯姆、迪克和哈利**不**要做某件事，他們反而越做越起勁。他們的人生就是一場競賽，比比看誰是超級大壞蛋，**最壞的壞蛋**。

最壞最壞的壞蛋。

最壞最壞最壞最壞的壞蛋。

這是三胞胎一戰定江山的大好機會，可以找出誰才是三人當中最粗野下流的那一個。於是他們各自開始囤積偏好的「食物」，累積的量越來越多，體積越來越大。

壞蛋三胞胎

湯姆開始囤積**耳屎**，他在床尾擺了一個拼圖的空盒，把**戰利品**存在裡面。

迪克不停地挖呀挖、拚命挖鼻子，把所有鼻屎黏在一起。沒多久，他就打造了一個跟他一樣高的**鼻屎鐘乳石**。

哈利努力蒐集肚臍的**毛球**，把它們擺在巧克力盒裡。不料年邁的奶奶來訪，壞了他的「好事」，她老人家以為盒裡裝的是真正的巧克力，就把整盒全都吃了。

「這些巧克力吃起來好多毛喔。」她往嘴裡又塞一塊，忍不住碎唸。

「**哈！哈！哈！**」三個孫子大笑。

哈利所有肚臍毛球都被奶奶吃光，他只好去學校找最髒的男同學，強行挖他們的肚臍存貨。

「給我！」

「滾開！」

「我要你的**毛球**！」

「噢，好痛啊！」

「不要動！」

「你這個暴力狂，別碰我的肚臍！」

有了這些額外的「捐贈品」，哈利很快蒐集滿滿一盒令人反胃的珍藏。

鬧哄哄
糟糕壞小孩

　　時候終於到了，三個男孩準備好展開狼吞虎嚥大賽，這個盛事就在午夜舉行。他們溜下床，躡手躡腳走下樓梯，在廚房的餐桌邊各自找了位子坐下，三個裝滿**噁心**食品的大盤子擺在面前。

　　走道傳來午夜的鐘聲，比賽開始。

　　湯姆開始大口咀嚼

　　　　　　耳屎山。

　　「看我！」他大聲說道。

　「我是三個人裡面

　　　　最**噁心**的！」

壞蛋三胞胎

迪克吞食幾乎跟他一樣大的鼻屎團。

「不、不、不！」迪克說。

「看我！跟我的噁心比起來，

你們兩個根本就不夠看！」

旁邊的哈利同時吃掉一整盒**毛球**。

「你們兩個只不過是一對假正經的小甜甜！向我臣服吧，

我就是地球上有史以來

最噁心的男生！」

鬧哄哄
糟糕壞小孩

　　這真是史上最令人作嘔的午夜饗宴，雖然他們極盡所能地虛張聲勢，三個男孩都開始覺得不太舒服。

　　男孩們吃了又吃、啃了又啃，**奇怪**的事發生了。

　　湯姆的皮膚慢慢變成黃色，不久，他不但臉色發黃，還閃閃發亮，就跟他正在吞食的那堆耳屎一樣。

　　另一邊的迪克跟**綠巨人浩克**一樣，正在慢慢變綠。然而，迪克一點都不像**綠巨人浩克**，他的臉黏答答的，令人作噁。

　　至於哈利，他慢慢變成一顆巨大的**毛球**，他的身上每個地方都冒出頭髮來，頭髮甚至也長出頭髮。

壞蛋三胞胎

　　由於壞蛋三胞胎只顧拚命大口地吃，根本沒有注意到身上發生的變化。

「**卡滋！**」咕嘟！
噴噴噴！

　　「我吃**最快**！」湯姆吹牛。
　　「我吃**最多**！」迪克吹牛。

　　「我吃**最多又最快**！」哈利吹牛。

「**卡滋！**」
咕嘟！ 噴噴噴！

　　他們持續競賽，吃著將遭致厄運的午夜零食。

　　「吃完了！」三個男孩異口同聲大喊。

　　「平手！」湯姆叫道。

　　「我們三個都一樣噁心！」迪克說道。

「我們一定是全世界最噁心的小孩！」哈利下了結論。

鬧哄哄
糟糕壞小孩

「哈！哈！哈！」他們一起竊笑。經過一番狼吞虎嚥，三人的感覺豈止有點不舒服而已，但沒有人願意承認。他們回床上後一直放屁和打嗝……

噗！

嗝！

他們暗自希望肚子那種可怕的感覺到早上就會消失。
真是**大錯特錯**。

早上七點鐘，母親敲了敲門。
「醒醒！醒醒！該起床囉！我的天使們，太陽曬屁股了！」她快活地喊道。
三人一個接一個地動了起來。

壞蛋三胞胎

　　最上鋪的湯姆瞇眼望著下方的迪克，簡直不敢相信自己的眼睛。他指著兄弟，爆笑出聲。

「哈！哈！哈！」

「怎樣？」迪克質問。

「你看起來好像一坨超級無敵大鼻屎！」湯姆答道。

「有嗎？」迪克說。「唔，你看起來倒像是超大一坨耳屎！」

「有嗎？」

「沒錯，就是！」哈利插嘴。「你們兩個看起來都好像恐怖電影裡跑出來的東西！哈！哈！哈！」他一臉得意。

「我要是你，一定會立刻收起笑容！」湯姆說。

「為什麼？」哈利問道。

「因為你已經變成一大顆肚臍毛球了！哈！哈！哈！」迪克應道。

　　三個男孩衝出臥室，
　　　　　　奔進浴室。

他們推來推去、打來打去，爭相搶看鏡中的自己。

「**啊！**」他們齊聲尖叫。

母親立刻奔進浴室。

「噢，天啊！噢，天啊。噢，天啊！你們在叫什麼？」她質問。一看到兒子們的樣子，她也叫了起來。

「**啊！**」

三個男孩對自己的模樣感到傷心，一齊哭了起來。

「哇啊！」

「媽咪！」湯姆叫道。「**救我！**我變成一顆大**耳屎**了！」

「**救我**，媽咪！我變成一塊大**鼻屎**了！」迪克坦承。

「媽咪，媽咪，拜託，拜託**救我！**我變成一半男孩、一半肚臍**毛球**了。」哈利泣訴。

母親端詳小兒子一會兒。

「要我說的話，你只有四分之一是男孩，四分之三都是肚臍**毛球**！」

壞蛋三胞胎

哈利的肚臍顫動，淚水沿著**毛茸茸**的臉流下。「我現在不只毛多了，而且又**溼黏**又**多毛**！哇啊！」

母親搖頭嘆氣。「你們就不聽話啊，是不是？我之前怎麼說的？」

三胞胎想了一會兒。

「不要把鄰居貓的尾巴綁在送報生的腳踏車上？」湯姆猜測。

「不是。」母親回應道。

「不能因為鬧著玩，把妳的洋裝統統丟進營火裡？」迪克猜測。

「不是。」母親應道。「不是那個，不過拜託、拜託、再拜託，不要再做那種事。」

「我知道了！」哈利大喊。「不要把棉花糖爆米香換成砂礫！」

「**不是！**」母親嚴厲地大叫，聲音大到連自己也嚇到。「噢，天啊。好吧，說到哪了？喔，對，我說過：『如果你們吃太多某種東西，以後就會變成它。』」

「哦，對耶。」他們齊聲答道。他們並不是全世界最聰明的孩子。

鬧哄哄
糟糕壞小孩

「喏，來吧，兒子們！該準備上學了。」

「我們不能這種樣子去上學！」湯姆反對。

「我們看起來太滑稽了！」迪克也說道。

「我們會變成大家的笑柄！」哈利哀求。

「這正符合我的期望！」母親說道，眼中閃著壞壞的光芒。「來吧！快點！」

那天早上，母親領著壞蛋三胞胎走進操場，全校都轉頭看著，不敢相信自己的眼睛。

壞蛋三胞胎

「看啊！一個巨大鼻屎男孩！」

有個孩子看見迪克時大嚷大叫。

「還有一根超大耳屎！」

另一個孩子指著湯姆叫道。

「不！不！快看！

一大坨肚臍毛球！」

第三個小孩指著哈利吼叫。

壞蛋三胞胎現在都一樣地招人嫌惡。操場上所有小孩這些年來飽受三人恐嚇，不用說，現在全都爆出笑聲。他們一直**笑**、一直**笑**，**笑**個不停。

「**哈！哈！哈！**」孩子們縱聲大笑。

湯姆、迪克和哈利只能站在那裡忍受這一切，他們終於自食惡果了。

大發雷霆的
譚蒂

　　幼兒有時候會大發雷霆。他們不如意時往往會尖叫加大哭,這是小孩成長必經的階段。

　　但譚蒂不一樣。

　　這個女孩整天從早到晚、一年三百六十五天都在**大發雷霆**。

大發雷霆的譚蒂

這個情形從她還是小寶寶就開始了。任何事都可以惹得她大發雷霆——奶嘴被拿走，嬰兒車稍微顛簸了一下，還有牛奶不夠喝。有時候，寶寶譚蒂大發雷霆純粹是因為她已經有一段時間沒發脾氣。幼兒時期的譚蒂有本事拚命大哭大叫，就連滿是小孩的大運動場所發出的噪音，都沒她的聲浪大。

因為她實在太吵，每每譚蒂哭叫時，大人一定會妥協。只要大人一妥協，譚蒂便知道她的**大發雷霆**再度奏效。

鬧哄哄
糟糕壞小孩

　　故事要從譚蒂十一歲那年說起，她每天都要大發雷霆**幾百次**。沒有人受得了，所以譚蒂不管要什麼都能達到目的。

　　「甜點是什麼？」每天吃完晚飯，這個女孩就會問道。

　　父母彼此相視，一臉擔憂，因為他們知道暴風雨即將來襲。

　　「那個，從天國來的小天使，我想既然妳連續幾天都吃了冰淇淋。」母親開始勸說。「包括昨天、前天、前天的昨天，以及前天的前天——」

　　「喔，我美麗的女兒，事實上，是有記憶以來的每個晚上都吃冰淇淋。」父親插嘴。

　　「今晚換個東西吃，說不定是個好主意——」

　　母親畏畏縮縮地說出幾個字——

　　「比如**水果**。」

大發雷霆的譚蒂

女孩瞪大眼睛看著他們。

「水果？」

眼中閃著怒火。

「水果？！」

下唇開始抽搐，接著上唇也加入戰局。

「水果？！！」

然後她的臉因為憤怒，紅得像甜菜根。

「水果？！！！」

接著，她的頭髮開始一根一根地豎了起來。

「水果？！！！！」

鬧哄哄
糟糕壞小孩

她深吸一口氣，發出一陣尖叫……

「啊啊啊啊啊啊！」

尖叫聲可怕到：

喀喇！　　哐噹！

　　　　路人的眼鏡被震裂……

　　　　西瓜爆破……

喀砰！

　　　　鳥兒從樹上摔落，

　氣絕身亡……

　盤子從架上掉落，摔得

粉碎……

咚！

　公車滑出路面……

鏘！

嘎吱！

花園小屋倒塌……

砰！

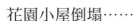

大發雷霆的譚蒂

耳屎被震得軟化，從耳朵裡噴了
出來……

貓的毛全部脫落……

「喵！」

呼！

書本著火……

大教堂崩塌……

「不！」父母尖叫，急忙摀住耳朵，竭力想要擋住
噪音。

「哇啊啊啊啊啊啊啊！我討厭水果！」譚蒂痛哭
失聲。

「拜託，親愛的女兒！」母親哀求，在強大的喧囂中
聲嘶力竭地喊。

但女孩不打算停下來。

「哇啊啊啊啊啊啊啊啊啊！」

鬧哄哄
糟糕蛋小孩

「只要吃一點水果就好了，我的小星塵！拜託嘗一小口！妳說不定會喜歡！」父親懇求。他從碗裡拿了一顆葡萄遞給她。

譚蒂瞬間停止暴怒，有那麼一刻世界變得很安靜，她把葡萄放進嘴裡。父母兩人不確定地相視而笑，但努力瞬間化為泡影。女孩把葡萄朝父親吐回去。

噗！

葡萄正中他的鼻子。

「噢，痛啊！」他大叫。

「哇啊啊啊啊啊啊啊！我討厭葡萄！」

「是喔，我的小陽光，既然妳不喜歡葡萄，那來點香蕉怎麼樣？」母親說著迅速將一根香蕉剝皮，遞給女兒。女孩再次把水果塞進嘴裡，直接朝母親吐回去，正中她的眼睛。

啪！

「噢！」母親尖叫。

大發雷霆的譚蒂

譚蒂是吐水果高手。單單這個星期,被她一口吐回去的還有一片梨、幾塊鳳梨、一顆草莓和金桔。父親不喜歡浪費食物,只好把它們丟進花園邊的堆肥。

「哇啊啊啊啊啊啊啊!我討厭香蕉!」

房子因為譚蒂大發雷霆的聲浪開始劇烈晃動,宛如地震來襲,餐桌上的餐具也開始匡啷匡啷響。

鏘鏘鏘!

哐哐哐!

玻璃杯裡的檸檬汁開始滾動冒泡泡。

噗嚕嚕!

番茄醬從瓶裡噴濺出來,把天花板都塗成紅色。

噗滋!

番茄醬

鬧哄哄
糟糕壞小孩

牆上的照片掉落，相框摔碎。

金魚從魚缸裡跳出來，落在地毯上。

牠在那裡掙扎了一會兒，父親趕快跑過去，把牠放回魚缸裡，牠趕緊躲進碎石底下。　**鑽進去！**

女孩的鼻涕很快就像水龍頭的水噴出來。　**嘩！**

把父母噴得渾身溼透。

「拜託！拿面紙擦！」母親哀求。

「**哇啊啊啊啊啊啊啊**！我討厭面紙！」

「是喔，老天送來的珍貴女兒，那就用妳的餐巾！」父親懇求。

「**哇啊啊啊啊啊啊啊**！我討厭餐巾！

我比較想把你們泡在**鼻涕**裡！立刻把冰淇淋給我！現在就給！」

父母不甘不願地跑去廚房，按女孩的命令準備東西。他們不敢再冒險換成別

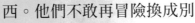

大發雷霆的譚蒂

的水果，盡快帶著一大碗冰淇淋回餐桌。

「哦，我的彩虹小馬，原諒我們動作這麼慢。」母親說道。考量到親愛的女兒可能想吃的口味，他們把家裡有的每一種口味都挖了一球，包括香草、巧克力、巧克力脆片薄荷、焦糖、奶油巧克力軟糖、雙份奶油巧克力軟糖，還有額外的驚喜口味——餅乾麵團。

「拿去吧，漂亮寶貝！」母親大聲說道，「妳的冰淇淋來了！」

「哇啊啊啊啊啊啊啊啊啊啊啊啊啊！」

「又怎麼了，我毛茸茸的小貓？」父親問道。

「我要**玉米薄片**！還有**巧克力醬**！還要再一塊**玉米薄片**！」

父親匆匆趕回廚房，母親則將冰淇淋擺在女兒面前。

「來吧，哦，天國來的小天使。薄片和巧克力醬馬上就來！」

鬧哄哄
糟糕壞小孩

　　母親以湯匙餵了女兒一大口冰淇淋。「這樣應該可以讓妳閉嘴一陣子了。」母親說道，一度失去理智。「哦，愛的小鳴鳥。」

　　「哇啊啊啊啊啊啊啊啊啊啊啊啊啊！」女孩嚎啕大哭，把冰淇淋吐了出來，越過桌子，把母親吐得滿臉都是。

　　「喔，有什麼問題嗎，我的快樂天使？」

　　「我討厭沒有薄片或巧克力醬的冰淇淋！

「哇啊啊啊啊啊啊啊啊啊啊啊啊！」

大發雷霆的譚蒂

「來了來了，我的小花蜜！」父親一邊匆忙地跑回來，一邊大叫道。

男子將幾塊薄片插在女兒的冰淇淋上，再擠了一堆巧克力醬。

「夠了就喊停，蜜糖小花……」他說道。

整瓶巧克力醬都擠到冰淇淋上了，最後能擠出來的只有巧克力味道的空氣。

「停！」譚蒂說。

「棒極了，我的長耳小兔！」父親說道。

譚蒂挖了一些冰淇淋，塞進嘴裡。

「這樣才對嘛！」她嘀嘀咕咕。

父母終於雙雙鬆了一口氣。

鬧哄哄
糟糕壞小孩

隔天早上，父親上班途中看見幾位工人正在挖馬路。他們的設備是一台巨型鑽孔機，它發出超可怕的噪音，但還比不上他女兒大發雷霆的功力。

嘩嘩嘩嘩嘩嘩！

他注意到修路工人使用一種降噪耳機，他忽然想到一個妙計！

叮！

下班回家後，他送妻子一個禮物。「這給妳，親愛的老婆！」

「這是什麼東西啊，老公？」她興奮地問道。她打開包裝，看見兩副耳機。

「一副男用，一副女用！」父親說道。

「多麼棒的主意！」母親說道。

「我們親愛乖巧的女兒在哪裡？」

「她在樓上的臥室裡看卡通，她有一大堆功課要做，可是……」

「她又發脾氣了？」他苦笑地問道。

大發雷霆的譚蒂

「你怎麼猜到的，我的完美老公？」

「唔，不妨來試試，看看我們如何度過今晚。」父親說著，戴上耳機。

「太好了，就這樣！」母親回應道。

「妳說什麼？」父親問道。

「抱歉，我聽不見。」母親回應道。

這對夫妻在客廳落坐，悠閒地讀著書，很高興有這個機會享受平靜的時刻。父親讀詩集，母親讀旅遊書。她的夢想是到遠方旅行，只要聽不到女兒的尖叫聲都好。

他們都戴著耳機，沒有聽見女兒在樓上哭叫著要吃飯。

「哇啊啊啊啊啊啊啊啊啊啊啊啊啊！我要吃飯！」

鬧哄哄
糟糕壞小孩

叫了半天沒反應，譚蒂無計可施，
只好重重跺著腳下樓，直接對他們哭喊。

「哇啊啊啊啊啊啊啊啊啊啊啊啊啊啊！
我要吃飯！現在就要！」

兩位大人鎮定自若，繼續讀書。

「哇啊啊啊啊啊啊啊啊啊啊啊啊啊！
我討厭死你們！」

「我特別柔軟的捲筒衛生紙，只要妳願意
心平氣和地提出請求，我們會把這個東西拿掉。」父親指
著耳機說道。

「哇啊啊啊啊啊啊啊啊啊啊啊啊！
我討厭心平氣和地提出請求！」

「那就抱歉囉，我的奶油蛋糕公主。」母親開口說道。
「我們聽不見妳說的話。」

「哇啊啊啊啊啊啊啊啊啊啊啊啊！
我餓死了！」

譚蒂說著，抓住金魚的尾巴，把牠從缸
裡撈出來，丟進嘴裡。

大發雷霆的譚蒂

「不！」父親大叫。

「快吐出來，我閃閃發亮的鑽石！」母親高呼。

女孩咧嘴一笑，把金魚吐回缸裡。

「哇啊啊啊啊啊啊啊啊啊啊啊啊啊！我要吃飯！」

「拜託，我的牛奶凍，安靜地說！」父親鼓勵她，拿起一邊耳機。

「哇啊啊啊啊！我要吃飯！」

「現在試著說『我要吃飯』就好，不要**哇啊啊**。」

「我要吃飯！」

「甜的小豌豆，那個魔法詞是什麼呢？」母親問道。

「阿布拉卡達布拉？」譚蒂答道。

「不是，妳和我都很清楚，那個詞是『拜託』。」

「拜託。」女孩咕噥。

「現在把這個詞融入句子裡，棉花糖小姐！」

「我要吃飯……」譚蒂猶豫，這對她來說有些困難。

「……拜託。」

「看吧！我們終於成功了！」父親說。

「哼！」譚蒂憤怒地哼聲。

鬧哄哄
糟糕壞小孩

　　然而，兩位大人不知道小女兒正在策劃無比邪惡的計謀。如果父母要繼續戴著耳機，還擺出一副自命不凡的表情，顯然他們短期內不會放棄。也就是說，譚蒂一定要更大聲地暴怒，要**超級大聲。**

　　女孩家距離大型體育場館不遠，這裡常常舉辦足球賽和搖滾演唱會。某個週六下午，她溜出家門，騎腳踏車到那裡。體育場外貼著一張大海報，廣告當天晚上的表演，是一九六〇年代就成立的搖滾樂團，名叫 —— 歡騰死不了 —— 這是他們「第十五屆暨告別巡演」。

歡騰
死不了

大發雷霆的譚蒂

體育場外停著一排大貨車。譚蒂在貨車間悄悄穿梭，看見其中一輛載著一個超大喇叭，大概跟一間小屋一樣大，準備用來放震耳欲聾的聲響給十五萬名觀眾聽，進行邪惡計謀非它不可。

那些降噪耳機絕對無法消除這頭

野獸製造的噪音。

於是，譚蒂趁沒人注意的時候，把腳踏車搬進貨車後車廂，再爬上駕駛座。接下來，儘管她從來沒上過駕訓課，依然就這樣把貨車一路開回家，不過急轉彎時撞壞了幾百輛車子。

大發雷霆的譚蒂

最後，她開著貨車，撞進隔壁鄰居家……

磅！

她把喇叭推下卸貨斜
坡，再推進前院。

喀隆！

然後，她將麥克風接上喇叭，再站到喇叭前方。她握
著麥克風，發出驚天巨響，大發雷霆的分貝可以說是聞所
未聞。

「哇啊啊啊啊啊啊啊啊啊！」

鬧哄哄
糟糕壞小孩

喇叭原本是用來擴大電吉他的聲音。

電吉他可比譚蒂的大發雷霆的聲音低調多了。

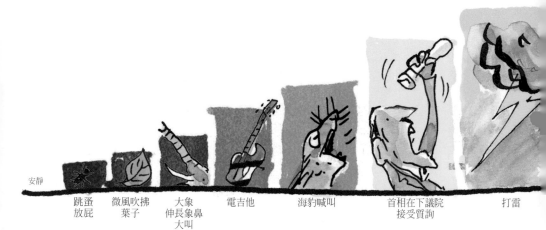

安靜 | 跳蚤放屁 | 微風吹拂葉子 | 大象伸長象鼻大叫 | 電吉他 | 海豹喊叫 | 首相在下議院接受質詢 | 打雷

譚蒂的暴怒透過喇叭變得不可思議地大聲，一股巨大的**聲波**，將譚蒂急速推出去。

音量漸大聲

老太太在賓果大會堂
大叫「賓果！」　　　　　　河馬爆炸　　　　　　火山爆發　　　　　　譚蒂暴怒

女孩撞破客廳窗戶……

從父母頭上飛過去，他們正在安安靜靜
地讀書。

「啊！」他們沒有聽到譚蒂尖叫，也
沒聽見她撞破屋後窗戶的聲音。

鬧哄哄
糟糕壞小孩

不過，母親確實注意到突如其來的氣流，便抬頭察看。她驚恐地看見女兒倒栽蔥插進後院的堆肥裡，只有一雙腳露在外面。她扯掉耳機，抓住丈夫。

「看哪，我畢生的愛！」

這對夫妻衝到外面，把女兒從堆肥裡拉出來。她臉上沾滿垃圾，之前吐在母親臉上的那口香蕉，現在黏在她的頭髮上。

「哇啊！」她哭了一會兒便自己停了。

「到底發生什麼事，小公主？」父親問道。

大發雷霆的譚蒂

「我上一場大發雷霆搞砸了，所以我現在要對這件事大發雷霆。**哇啊啊！**」

「怪物寶貝，妳要對大發雷霆大發雷霆？」母親說道。

「對，**哇啊啊啊啊啊！**」

父母面面相覷，嘆了口氣。「我們是不是該搬去澳洲？」他問道。

「這件事我們討論過很多次了，哦，我喜愛的老公。」

「現在就走，心愛的老婆？」

「擇日不如撞日，撞日不如今日，我雨滴般的愛人。」

父親牽起母親的手，回頭穿越屋子，從前門走出去。

「再見了，上天送來毀掉我們生活的可愛天使！」他們臨別前對女兒喊道。

「**哇啊啊啊啊啊啊啊啊！**」

譚蒂大哭。

鬧哄哄
糟糕壞小孩

　　從此以後，他們再也沒有見到女兒。然而，在澳洲的夜裡，他們躺在床上，兩人發誓有時還能聽到地球另一端傳來譚蒂驚天動地的暴怒。

　　不幸的是，再也沒有人會急忙奔到譚蒂的身邊了。

吹噓的
巴納巴斯

只會越來
越大的大頭

地球上最時髦
漂亮的制服

太多獎盃、
獎牌和獎品

吹噓的
巴納巴斯

　　巴納巴斯是個愛吹噓的男孩。某種程度上，他也是糟糕壞小孩之一。

　　這位愛蹦蹦跳跳的高個兒來自非常上流的家庭，他想要你知道他家世顯赫。巴納巴斯就讀的學校 —— 聖卡斯柏特 —— 已有五百年的悠久歷史，校園座落在英國鄉間，占地一千英畝。

聖卡斯伯特

吹噓的巴納巴斯

這所學校每年的學費要價十萬英鎊[6]，男學生一律要打領結、戴高禮帽。目前為止，只有一位老校友沒有成為首相或國王，他當過最大的官是外交大臣。學校因為他而蒙羞，於是他的名字被踢出長長的校友名單，其他校友的名字則鑲金寫在巨型木板上，掛在寬闊的門廳。

巴納巴斯在布滿灰塵的老教室間來回穿梭，手上拿著刻有姓名字母縮寫的皮製公事包。經過迴廊時，他會把男同學拉到一旁，開始吹噓他最近的成就。

「塔昆！」某個嚴寒的早晨，他叫住一位男同學。

「哦，什麼事，巴納巴斯？」塔昆熱切地回應道，站在全校的金童面前，他那又小又圓的眼鏡開始起霧。

「數學考試的成績剛剛公布了，有好消息和壞消息。」

「拜託告訴我！」

....

6　相當於台幣三百七十萬元。

　　巴納巴斯噘了噘嘴。「壞消息是我只拿了九十九分，我得找數學老師特洛頓談談，問他為什麼少給我一分。」

　　「恭喜你，巴納巴斯！那麼求求你告訴我，好消息是什麼？」

　　巴納巴斯露出不懷好意的笑容，他最喜歡這一刻。「塔昆，好消息就是，你不及格，只考了四十九分！」

　　「噢，天哪！」可憐的塔昆一臉憂愁。

　　「所以說，黑暗中總有一線生機！祝你有個美好的一天！」巴納巴斯說完，誇張地撩起脖子上的圍巾，朝可憐的塔昆打了一下，正中鼻子。

「噢！」

　　有件事怪得不得了，每次巴納巴斯吹噓自己的光榮事蹟，他的頭就會**變大**一點點。巴納巴斯不曉得兩件事有關連，只是三番兩次跑去辦公室跟舍監抱怨。男舍監哈特奈爾先生跟他的古董家具一樣老，全都可以追溯到維多利亞時代。

吹噓的巴納巴斯

「哈特奈爾先生！有人縮小我的禮帽！」

舍監會仔細研究絲質大禮帽，然後戴在自己頭上，以便比較看看。

「不准戴！」巴納巴斯罵道。「你搞不好有頭蝨。」

「容我道歉，巴納巴斯。你有沒有想過，搞不好是你的頭**變大了？**」

「胡說八道！」

巴納巴斯怒喝。「你可以離開了。」

「但這是我的辦公室！」舍監抗議道。

「唔，反正我要你走。」

可憐的老哈特奈爾聳聳肩，慢吞吞離開。

「請動作快！」

巴納巴斯厲聲說道，舍監只好邁開他的老短腿，儘可能快點離去。

鬧哄哄
糟糕壞小孩

大頭男孩不僅在學業上名列前茅，同時也是優秀的運動員。

一天早上，體育老師派特維宣布板球校隊新任隊長。

「經過漫長的選拔與審慎的評估——」派特維老師開口說道。

「老師，不需要再說下去了，我想大家都知道一定是**我！**」巴納巴斯喊道。

「——我們的新任板球隊長是巴納巴斯！」

就在這瞬間，大頭男孩的頭又**大**了一點點，擠掉了他的禮帽。帽子一飛沖天，撞上天花板。

啾！ **啪！**

「小不拉嘰的蠢帽子。」巴納巴斯喃喃抱怨。「快，為我歡呼三聲！**萬歲！**」

吹噓的巴納巴斯

「**萬歲！**」其他同學不耐煩地回應。

「請大聲一點。**萬歲！**」

「**萬歲！**」

「再大聲一點。**萬歲！**」

「**萬歲！**」

「聽起來好諷刺，再喊一次求好運。**萬歲！**」

「萬歲！」

「噢，對了，既然我現在是板球校隊隊長，我解散其他球員，全場由**我自己負責**就夠了。

非常感謝你們！」

　　話劇公演的情況也一樣。對巴納巴斯來說，在莎士比亞的《哈姆雷特》中擔任領銜主演還不夠——他想要一人分飾所有角色。

　　他在第一次排演時宣布：「其他演員都可以離場了，像我這麼一個好到令人嘖嘖稱奇的演員，每個角色都該由我來飾演。這將是史上第一齣單人《哈姆雷特》！」

　　「可是，巴納巴斯！」戲劇老師譚農特先生氣急敗壞地喊道。

　　「老師，沒有可是，您也可以交棒了，我會**自己執導**！」

　　到最後，巴納巴斯甚至自己撰寫劇評，在校刊《卡斯伯特人》刊登。

要特別表揚其中一位演員似乎不合適，但身兼領銜主演和所有角色的巴納巴斯確實相當傑出。

毋庸置疑，年度校際最佳演員獎應該頒給我，我是說應該頒給他。

17

18

鬧哄哄
糟糕壞小孩

　　巴納巴斯一年中最愛的一天一直以來都是頒獎日。在這特別的一年，這位男孩決定，所有獎項應該全頒發給他。

每、一、個、獎、項。

　　貝克校長站在台上，面對全校，身後有一整排銀色獎盃，全都等著頒發給表現傑出的人。

　　當天下午頒發的第一個獎項是全勤獎，只要從來沒有請過假的學生，就可以領這個獎。巴納巴斯超想拿這個獎，即使他扁桃腺發炎，不得不接受手術，他還強迫醫生在歷史課堂上幫他切掉扁桃腺，好讓他不會漏掉學校任何一堂課。

曾經就讀本校的國王：
理查三世
亨利八世
喬治三世

吹噓的巴納巴斯

「全勤獎得獎人是……**巴納巴斯！**」貝克校長宣布。男孩輕快地走上台領獎，他的頭大得相當醒目。

「數學獎得獎人是……

巴納巴斯！」

男孩才剛走回座位，還沒來得及坐好，又要站起來上台領第二個獎。他的頭又**變得更大了**。巴納巴斯則照樣邁著輕快的步伐上台，所有同學開始竊竊私語、對著他指指點點。

哈特奈爾先生坐在後面，鼾聲大作，響徹整個禮堂——

「齁齁齁齁！齁齁齁齁！齁齁齁齁！齁齁齁齁！」

——獎項就在他的鼾聲之下一一頒發。

鬧哄哄
糟糕壞小孩

等頒發到第二十個獎，也就是戲劇獎 —— 獲獎人內定為巴納巴斯，畢竟那年上台演戲的就他一個人 —— 男孩的頭開始變得很怪異。

他的頭已經 **大** 到跟海灘球一樣，連眼鏡都被撐到彈開，整顆頭顱也在脖子上搖來晃去。

然而，他依然如一陣風似的回到台上。台下觀眾因他奇怪的外表竊笑不已。

「哈哈！」

校長戴著超厚的眼鏡，他視力很差到，所以根本沒注意到。至於巴納巴斯本人，一心只想要領取所有獎盃，所以自己也沒注意到。戲劇獎的獎盃是莎士比亞造型的銀色雕像，手中揮舞著一把鋒利的劍。

吹噓的巴納巴斯

隨著手上的獎盃越來越多，巴納巴斯走上頒獎台時，獎盃沿途掉落。

哐！

噹！

砰！

要抱住這麼多獎盃是不可能的，而且他每領一個獎，他的頭就**變大**一點，好像在吹氣球，現在他的頭已經跟因紐特人的圓頂冰屋一樣大了。

鬧哄哄
糟糕壞小孩

貝克校長絲毫沒有察覺，繼續頒獎。接下來頒發當天下午倒數第二個獎項。

「西洋棋獎得獎人是……

塔昆！」

一陣無比熱烈的歡呼聲響徹全校，大家都在慶祝至少還有一個獎不是由巴納巴斯獲得。

塔昆高興地起身，巴納巴斯見狀便大吼：**「這樣有什麼意義？」**

「這樣有什麼意義？你這麼問是什麼意思？」校長問道。

「我爲什麼沒有贏得這個獎？你這個小丑。」

塔昆舉起手。「校長，能否容我插個話？巴納巴斯，我認為你沒有得獎的理由很簡單，因為你從沒來過西洋棋社。這個社團的時間和戲劇社相衝。所以，很遺憾你不能同時參加兩個社團的活動。」

巴納巴斯的巨頭變得紅通通。

吹噓的巴納巴斯

「可是，如果我有參加西洋棋社，那麼我無疑會是**最棒中的最棒的。**」

「巴納巴斯，你會下棋嗎？」塔昆問道。

「我不會，但我很肯定，要是我會，一定會獲勝。所以**西洋棋獎應該頒給我！**」

「拜託，幫幫忙，巴納巴斯，不要大吵大鬧！」校長懇求。「記住，還有一個獎要頒。現在，塔昆，請上台領你的獎。」

小塔昆綻露出自傲又燦爛的笑容，全校都為他起立喝采。

「孩子，表現傑出！」校長說著，把最小的銀色獎盃頒給了他。

「謝謝您，校長！」

「作弊！」巴納巴斯大叫。

塔昆不受影響，回座位時走向巴納巴斯。「對不起，巴納巴斯，也許明年這個獎就會是你的。」

巴納巴斯伸手要搶獎盃。

「我現在就要！」

塔昆及時避開。「還有一件事，巴納巴斯？」

「什麼事？你這個作弊鬼。」

「我很擔心你的頭。」

「我的頭怎麼了？」

「它變得**超級無敵大**，也許你需要去給校護看看，在醫務室上躺一下！」

「然後錯過最後一個獎？」巴納巴斯咆哮。

「休想！快點吧，校長，你這隻長鼻怪，快點接著頒獎！」

吹噓的巴納巴斯

「是時候揭曉由哪位聖卡斯伯特學生獲得所有獎項中大家最渴望的一個，得獎人將成為全校的領袖！」

禮堂迴盪著大家興奮期待的低語聲。

「噢噢噢噢噢噢噢噢！」

貝克校長清清喉嚨。「嗯哼，聖卡斯伯特的新任學生領袖是──」

「快說，你這個呆瓜！」

「巴納巴斯！」

巴納巴斯的頭

變得跟

熱氣球一樣

大。

鬧哄哄
糟糕壞小孩

他抱著一大堆獎盃和獎牌，上台領最後一個獎。不料半途摔了一跤，戰利品都掉了，包括戲劇獎獎盃。

鏘！

砰！

嘡噹

「哈！哈！」
全校都在大笑。

吹噓的巴納巴斯

巴納巴斯向前跌倒，戲劇獎雕像手中的小劍不偏不倚地插進男孩脹大的額頭。

刺！

「救命！」 巴納巴斯尖叫。他最討厭疼痛，除非是他弄傷別人。

當然囉，校長沒看到他，一個不小心踩到了男孩，跌落台下，學生都樂壞了。 **「哈！哈！」**

乖乖牌塔昆趕緊跳起來過去幫忙，他攙扶年邁的校長站起來。

「多謝您，夫人。」 貝克校長喃喃說道。

「別管那隻老袋熊了！**我呢？**」巴納巴斯質問。

「喔，好的，好的！」塔昆說道。他飛奔上台去幫忙平常總給他苦頭吃的傢伙。

「把那個該死的東西**拔出來！**」巴納巴斯命令。

「你確定？」

「我當然確定！」

「我只是擔心可能會出什麼大錯。」

「你在說什麼？你這個低能的低能兒。

拔出來！

馬上！」

吹噓的巴納巴斯

塔昆奉命照辦，把小劍從男孩的**超級大頭**拔出來。
這就跟刺破氣球完全一樣。

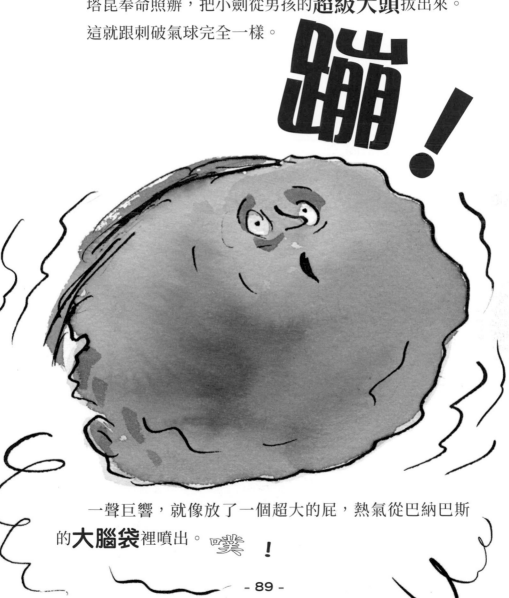

蹦！

一聲巨響，就像放了一個超大的屁，熱氣從巴納巴斯的**大腦袋**裡噴出。噗！

作用力讓氣球男孩噴飛，穿越禮堂，

在天花板和
牆面間**彈**過來
又**彈**過去，

最後

從敞開的窗戶

飛出去，

越來越遠。

吹噓的巴納巴斯

全校都貼著窗戶觀看巴納巴斯飛上半空中，然後在板球場上空爆炸。

聲音大到連舍監哈特奈爾都醒了。

「我錯過什麼了？」舍監問道，他從睡夢中驚醒。

鬧哄哄
糟糕壞小孩

「沒什麼值得注意的。」坐在隔壁的派特維老師說。
「只不過是新學生領袖的頭**大到爆炸了。**」
　　「好極了！」哈特奈爾喃喃說道，接著又睡著了。

「齁齁齁齁，齁齁齁齁！」

「齁齁齁齁齁，齁齁齁齁齁！」

扮鬼臉的
芬妮

幾百種……

幾千種……

幾百萬種
鬼臉……

扮鬼臉的
芬妮

芬妮是一個很喜歡扮鬼臉的女孩。

她有一長串鬼臉清單：

簡單的「包子臉」……

扮鬼臉的芬妮

「請求公車司機
開門。」的臉

「豬鼻」

「魚臉」

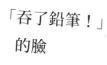

「心情飛揚」

「郵筒臉」

「胡桃臉」

「氣球臉」

「吞了鉛筆！」
的臉

「暴牙」

「巨人怪」

鬧哄哄
糟糕壞小孩

她的臉彷彿是橡皮做的，而且能隨心所欲地控制表情。當然，私底下在家裡扮鬼臉無傷大雅，你可以自己關在浴室裡，站在鏡子前，把臉扭得怪模怪樣，這是消磨晚間時光的好方法。

然而，芬妮不藏私這些鬼臉，向世人展示。

你看，芬妮多愛

嚇人。

她多愛讓人

大驚失色。

她最愛的
是讓人

驚慌失措。

扮鬼臉的芬妮

有一次，芬妮躲在當地教堂附近的樹籬後面，她一直屏住呼吸，直到臉紅得像**魔鬼**，然後跳出來嚇牧師。

「**救命！**」

他大叫。

牧師

被嚇到

一鼓作氣爬上

教堂側面的水管，

最後只能攀著尖塔。

他竟然在那裡足足待了

三個月

又有一次，芬妮爬上公園的一棵樹上等，等到一位老太太牽著一隻小狗從樹下走過。芬妮交疊雙臂，倒掛在樹枝上搖擺，她露出尖牙，再加上屬害的「吸血鬼」扮相。可憐的老太太嚇得驚聲尖叫。

「啊！」

小狗嚇得一溜煙跑掉，

把主人急速拖過草地。

「救命嘟嘟嘟嘟嘟嘟嘟嘟嘟！」

「汪！汪！」

扮鬼臉的芬妮

矮小的老太太最後被人發現身在兩百英里遠的野外。

然而，芬妮最佳的鬼臉是騙倒全校，讓大家以為她得了傳染病。她突出下巴、瞇起眼睛，含了一口泡泡沐浴乳，嘴巴開始起泡。

接著她在操場邊繞圈圈
邊狂喊：

「嗚！　呼！　呼！」

鬧哄哄
糟糕壞小孩

老師們沒命地四散奔逃，狠狠地把擋路的學生推開。

女校長最狠—— 她拎起個子較小的幾個學生，

朝芬妮這頭兇猛 的野獸狂扔，

希望她去咬他們，而不要咬到自己就好了。

扮鬼臉的芬妮

學校停課好幾個月，一群身穿防護衣的人，朝任何他們看見的東西噴灑消毒劑。

連門口警衛也噴了，說句公道話，他一直以來都需要消毒。

「謝謝你，我又有**幾年**不用洗澡了。」消毒人員聽見他一陣碎唸。

不用說也知道，芬妮的爸爸發現寶貝女兒造成的騷動後，怒火沖天。

「**不准再扮鬼臉了，芬妮！**」他怒吼。

父親氣到臉色發紫，眼睛也變成鬥雞眼。

芬妮只顧著模仿他，她賞自己巴掌，臉被打到變色，再擠出鬥雞眼。

「**不准再扮鬼臉了，芬妮！**」她怒吼。

「**不要重複我說的每句話！**」芬妮的父親大叫。

「**不要重複我說的每句話！**」芬妮重複一遍。

「**不准再扮鬼臉！**」

「**不准再扮鬼臉！**」

芬妮的爸爸太憤怒了，臉脹得更紫，鬥雞眼也更嚴重。

「小姑娘，給我聽好！」他開口說道。「妳如果一直扮鬼臉，總有一天妳的臉就會**卡**住動不了！」[7]

這一天果然降臨了。

7　來自流傳已久的英文俗諺。通常大人看見小孩扮鬼臉，就會這樣嚇唬小孩：「如果你扮鬼臉時風向變了，你的臉就會從此卡住。」

扮鬼臉的芬妮

　　故事要從一個普通的早晨說起。芬妮在浴室，正在最後修飾她的一些新鬼臉：

「聞到屁味」

「舌尖戳
　鼻孔」

「沒牙」

「屁股坐到一隻
　蠍子」

「噁心臉！」

「看著湯匙
　中的自己」

「獨眼龍」

「畸形耳」

「多層下巴」

芬妮最後挑了一個她喜歡的類型：「**屁股臉**女孩」。
她噘起嘴唇並鼓起雙頰就能扮這個鬼臉，活像她的**屁股**與
臉互換。好似在某次怪異的手術中，她的臉被移植成了**屁
股**。[8]

....

8　其他非常不推薦的移植手術還包括：手掌換成腳掌、脖子換成腿、
肚臍換成嘴、鼻子換成下巴、耳朵換成手肘、頭換成膝蓋，背換成前胸。

扮鬼臉的芬妮

芬妮端詳鏡中的自己，歡喜得雙眼煥發。這是她最棒的**傑作**！她將留名青史，被冠上「史上最偉大的鬼臉專家」頭銜。不過這個頭銜有很多人角逐，全球頂尖的鬼臉專家如下：

來自洛杉磯的松克，是名多毛的搖滾吉他手。他最有名的絕技是把臉和鬍子扭成「**猴子的腋下**」……

名叫漢茲・漢茲的德國男孩，因為可以擠出「**掉進洗衣機的貓**」鬼臉而榮獲全球一致讚譽……

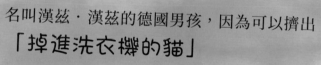

名叫孟明芒的中國百歲老太太，個人絕技是做出「**乾巴巴梅子乾**」的鬼臉……

名叫哈里胥・帕特爾的圓臉印度男人，個人絕技是非常厲害的「**飛盤**」臉……

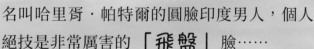

名叫美子山的日本相撲力士，可以做出令人稱奇的動作「**馬桶上的河馬**」……

名叫米榭爾・芳格雷的法國人，靠他那張「螺絲起子收納袋」⁹的臉贏得法國鬼臉冠軍賽金牌獎……（後來發現，他根本沒有做鬼臉，而是本來就長那樣。）

名叫康絲塔・卡斯托內塔的墨西哥女孩，利用綠色油漆、竹籤和膠水扮成「仙人掌」，由於模仿得實在太成功，真的有一隻狗在她身上尿尿……

名叫巴巴的海參崴巨嬰，贏得一連串鬼臉大賽獎牌，得獎絕技是令人看了不寒而慄的「被困在冰裡的男孩」……

名叫謝克・依塔拉博的沙烏地阿拉伯人，擠出世界級的「憤怒駱駝」鬼臉……

名叫卡利的沙烏地阿拉伯駱駝，經常一臉憤怒，可以擠出世界級的「謝克・依塔拉博」鬼臉……

---

9 這是一句英國俚語，比喻人長得奇醜無比。

扮鬼臉的芬妮

芬妮的「屁股臉女孩」表情太特別了，應該要讓更多人看見才是。女孩決定就用這副模樣前往倫敦。在大城市裡，有**數百**、**數千，**甚至**數百萬人**會嚇到、大驚失色、恐懼萬分。

那天早上，她一踏上火車，大家都嚇得腳底抹油跑了。

「啊！」

「她的屁股長到臉上了！」

「不不不！」

「這是哪門子惡作劇？」

「不，是她有一張屁股臉！」

芬妮瞬間就嚇跑車上的人，這意味著她可以獨自占據整節車廂，她甚至把腳擺在座位上。查票員過來時，因為受驚過度，竟然直接**跳出車窗**。

這真是太好了，因為芬妮用特惠票搭車，只有隔週四的離峰時段才能使用。

第一站是皇家歌劇院。歌劇界了不起的超級大明星盧吉・拉撒諾蒂跟一輛小車子一樣重，他正在台上表演莫札特的歌劇《唐・喬凡尼》。觀眾都是富有的貴族，那些淑女和紳士都裝模作樣地欣賞著演出。芬妮偷偷溜進後台，盧吉正唱到特別低的音階 —— 跟大猩猩打嗝的聲音差不多低……

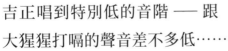

「嗝嗝嗝嗝嗝嗝嗝嗝嗝嗝嗝嗝嗝嗝嗝嗝嗝嗝嗝！」

扮鬼臉的芬妮

芬妮忽然衝上台。盧吉看見一個有屁股臉的小女孩，嚇了一大跳，低音瞬間變為高音。

「喔喔喔啊啊啊啊咿咿咿咿哎哎哎哎哎哎哎哎哎哎哎哎哎哎哎哎哎！」

刺耳尖銳的高音使得觀眾不得不搗住耳朵。

他們朝可憐的盧吉扔爛水果，這是歌劇明星走音時的傳統做法。「啊！」

芬妮拿他當人肉盾牌，躲在他身後。拉撒諾蒂閣下是個大食客，儘可能**用嘴巴接住水果**。然而，水果實在太多了，他應接不暇，很快就渾身溼透站在原地，開始嚎啕大哭……

「嗚
嗚
嗚！
媽媽咪呀！」

……芬妮
趕緊開溜。

扮鬼臉的芬妮

下一站是唐寧街十號，也就是首相官邸。一位警察在著名的黑色正門前站崗，名氣響亮的唐寧街家貓 —— 在貓界享負盛名 —— 賴瑞躺在他的腳邊。賴瑞首先看見芬妮走近，這隻貓多年來也見過一些恐怖的景象，比如：

一位臉色發橘的美國總統，橘到可能會被誤以為是一顆……

一位戴著假髮的義大利首相，髮型實在太亂，活像被卡車壓扁的松鼠直接黏在他頭上……

一位太愛喝伏特加，使得鼻子又**大**又**紅**的俄國領導人，看起來簡直就像躺在兒童遊戲「外科手術」裡的病人……

然而，芬妮的鬼臉才是賴瑞生平所見最嚇人的東西。「喵！」貓兒驚恐地尖叫。賴瑞跳到警察的頭盔上，屁股正好貼著警察的臉。

警察什麼都看不到。

「下去！我要逮捕你！」他對這隻動物說。

「別逼我拿出**小貓掌銬**！」

他把動物拉開，隨即看見遠比貓屁股可怕的景象。

「**啊！**」他尖叫，又把貓放回頭上，然後拚命敲著大大的黑色正門。**「救命！讓我進去！」**

首相開了門。「外面到底是在吵什麼？」她質問，忽然看見芬妮的鬼臉，她立刻放聲尖叫……

「啊！」

扮鬼臉的芬妮

她砰一聲急忙關上大大的黑色正門。因為關得太用力，唐寧街十號所有窗戶都被**震碎**了。

「逮捕那個屁股臉女孩！」首相高聲呼叫，但貓還在警察頭上，他什麼都看不到，結果抓錯了人，把首相銬了起來。

原本在官邸外守候的攝影記者紛紛開始拍照，**首相**被頭戴著貓的警察**上手銬**押走，這個畫面成了全球各報的頭版。

鬧哄哄
糟糕壞小孩

首相覺得這個臉實在丟大了，於是寫了辭呈給自己，**再自己批准自己的辭呈。**

親愛的首相：
本人深感遺憾與哀傷，在此致信給您，或是您寫信給我——我都搞糊塗了——提出我的／您的辭呈。

您誠摯的
首相

親愛的首相：
本人深感遺憾與哇啦哇啦哇啦，總之，我／您接受您的／我的辭呈。

您誠摯的
首相

終於，芬妮抵達最後一站——白金漢宮。給女王陛下來一場又大又精彩的**驚嚇**，這將會是芬妮人生中最熱血沸騰的一刻。

皇家御苑裡有施工工程，由於正在鋪設新路面，到處都有工人和水泥攪拌器。兩位女王衛兵站在外面，保護皇室。

扮鬼臉的芬妮

　　這些衛兵以連續肅立數小時聞名於世，他們戴著高高的熊皮帽，眼睛只能直視前方。任何事或任何人都無法讓他們分心，只不過傑出的表現就到此為止了。其中一位望著芬妮的臉，他尖叫一聲就跳到另一位衛兵的懷裡。

「啊！」 接著另一位衛兵開始**飆淚**……

「我要媽咪！」

　　……他抱著跳進懷裡的同袍落荒而逃，沿途撞倒幾位美國遊客。

「那一定就是『衛兵交接儀式』。」一位胖女士以美國德州拉長尾音的腔調說道。

「多麼奇特啊！」另一位回應道。

「我們去買些奶油軟糖吧。」第三個說道。他們從地上爬起來。

白金漢宮高處有扇窗戶敞開，一位老太太身穿晨袍，頭上還捲著髮捲，她向窗外探頭叫道：

「那些亂七八糟的吵鬧聲到底是怎麼回事？」

芬妮抬起頭，立刻明白那位就是女王陛下，那個房間想必是女王的寢宮。

芬妮躲進崗哨，直等到那扇窗戶關上。她從工地偷來一架梯子，一鼓作氣爬上頂樓那扇高高的窗戶。

扮鬼臉的芬妮

芬妮向窗內窺視，看見女王正在享用下午茶。有茶水和鬆糕餅，還有蛋糕，各種美味甜點堆得高高的。女王正拿點心餵她的柯基犬。芬妮拍打窗戶，引起女王的注意，接著迅速蹲低身了。小女孩耐心等待，終於聽見窗子再度被人推開，接著她猛地冒出頭，無比榮耀地展示她那張**屁股臉**。

女王**嚇一大跳**，一口茶直接噴在芬妮臉上。

「噗！」

茶水噴出的力道太強，使得女孩 **向後跌**。

芬妮抓住梯子，但它也開始往後倒。她發現自己直接朝底下的溼水泥倒去。

「啊！」

女孩驚恐地尖叫，終於跟她的那些受害者一樣感到害怕了。

芬妮重重地地掉在水泥裡，

哐噹！

工人嘗試救她，但水泥凝固得很快，他們來不及拉她出來，她就已經卡在裡面了。

芬妮被緊急送醫，但毫無救治希望。父親同意讓她成為一座**雕像**，以便警告所有調皮的孩子，切勿步上芬妮的後塵。

女王很喜歡這座雕像，還為它安了一個基座，擺在特拉法加廣場的獅子雕像旁。所以，如果你經過倫敦市中心，務必過去參觀一下這位**屁股臉**女孩的雕像。她父親說得沒錯：她的臉真的就這樣**卡**住動不了，直到永遠。

屁股臉女孩

惡作劇的
漢克

小奸小惡型惡作劇

魔鬼等級惡作劇

窮凶極惡型惡作劇

惡作劇的
漢克

惡作劇可以無傷大雅，惡作劇也可以很有趣。

但漢克的惡作劇都不屬於這些類型。

真是糟糕。

他的惡作劇都很要命，你說不定也會認為他可以被歸類為糟糕壞小孩。

漢克沒有一天不惡搞別人，有時候是這種簡單版的：

惡作劇的漢克

每次老師坐下時，他就放出氣球裡的氣，聽起來就像老師剛**放屁**……

把黏黏的膠帶黏在門框上，有人出入時就會**黏在上面**……

用保鮮膜包覆馬桶，你上廁所時，尿就會**噴到自己**……

把整片廚房地板塗滿奶油，讓它滑溜溜的，就像**溜冰場**……

趁父親睡覺時，拿羽毛搔他的鼻子，害他驚醒後打一個**超大噴嚏**……

鬧哄哄
糟糕蛋小孩

父親對起司過敏，若不小心吃到，他就得緊抓著屁股衝去廁所，唯恐隨時會噴發。於是漢克買了一大片起司，切成餅乾的形狀，再裹上融化的巧克力。

「爸，這給你，是一些好吃的巧克力餅乾。」

「噢，謝謝你，漢克，真是個好孩子。」父親說。他咬了一大口，立刻聽見肚子開始咕嚕作響。

他馬上緊緊抓住屁股，奔去廁所。

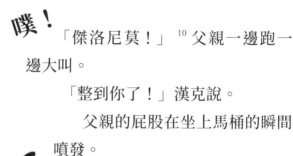

噗！「傑洛尼莫！」[10] 父親一邊跑一邊大叫。

「整到你了！」漢克說。

父親的屁股在坐上馬桶的瞬間噴發。

這可以說是一場殊死戰。

父親就這樣困在廁所裡，整整三天沒辦法離開。

---

10 Geronimo，外國人從事極限運動或跳傘時，習慣喊這個詞壯膽。最早源自二次世界大戰期間的美國傘兵。

惡作劇的漢克

爺爺最愛穿
一雙舒適又好穿
的拖鞋，就寢時會
把鞋擺在床邊，以便
早上一起床就能立刻穿
上。漢克不愧是漢克，他
把溜冰鞋的輪子綁在拖鞋鞋
底。所以當爺爺雙腳套上拖
鞋，整個人直接飛出去，溜
過整間臥室……

「哇！」

……直到撞上衣櫥才
停下來。

哐啷！

「整到你了！」
漢克說。

就連叔叔和嬸嬸也不能倖免
於難。湯尼叔叔喜歡蒐集珍貴的遙
控飛機，凱蒂嬸嬸的嗜好則是飼養幾隻沙
鼠。漢克想到一個點子：把兩人的嗜好
結合起來。他去他們家玩時，把沙鼠放
進飛機裡，讓牠們成了**飛天鼠**。

轟！

可憐的小動物嚇得要死，趕緊
跳傘降落。

「咿咿咿咿咿咿咿咿咿咿咿！」

有幾隻緩緩降落的小動物點綴著天空。

「整到你了！

整到你了！

整到你了！」
漢克大叫。

惡作劇的漢克

　　漢克最想惡整的人是母親。她總是神經兮兮的，要是你兒子天天惡整你，你也會變成這樣。

　　如今，任何事情能讓母親嚇一跳：

門鈴響……

小狗吠叫……

有人失手**掉落湯匙**……

明亮的燈……

黑暗……

貨車倒車時的

嗶嗶聲……

打噴嚏……

夾腳拖鞋的

啪嗒啪嗒聲……

泡泡糖的**泡泡**

啪一聲破掉……

新聞吵雜誇張的

開頭音樂……

有人**打響板**

的聲音……

鬧哄哄
糟糕壞小孩

　　不用說，母親最討厭有人對自己惡作劇，但兒子不會對她仁慈。因為她對惡作劇的反應最為激烈，都是漢克夢寐以求的。

　　這個男孩晚上洗澡時會策劃隔天的惡作劇，母親總是嘮叨他在浴室待太久。每晚當兒子在浴室洗澡超過一個鐘頭，她會敲浴室門。

砰！　砰！　砰！

　　「漢克，快出來！我說兒子啊，你若是在浴缸裡再多待一秒鐘，你就會變成乾巴巴的梅子乾！」母親會像這樣大叫道。

　　「好大的膽子！」浴缸裡的漢克會吼回去。「絕對不可以打擾正在工作的天才！」

　　「『正在工作』是什麼意思？」母親氣急敗壞地問。「你沒在工作——你在泡澡！」

「我在思考！」

　　一如往常，漢克泡澡時總會想到一個**天才**計謀。

惡作劇的漢克

　　「這個惡作劇可以讓其他的惡作劇都相形失色！」他高聲宣布，欣喜地摩拳擦掌。「這會是我的畢生傑作，莎士比亞有《阿母雷特》，李奧納多·達文西有《大衛誰誰》的雕像，莫札特有……叫作《摸地》還是《磨地》的音樂。至於這個，就是我的傑作！」[11]

....

11　正確作品名稱分別是《哈姆雷特》劇作、大衛雕像和《魔笛》歌劇，但其實大衛雕像是米開朗基羅的作品。

漢克想到，如果他**假裝整夜都在泡澡**，就能讓母親驚嚇一生。

這麼做無疑會讓她發狂。

她會氣得耳朵**冒煙**……

眼睛會變成**鬥雞眼**……

頭髮會全部**豎起來**……

她會打自己**一巴掌**……

她會用**單腳跳**……

她會拿鈴鼓**敲頭**……

她的臉會**發紫**……

她會**咚**的一聲暈過去，倒在地上。

對漢克來說，以上每一項都太完美了。

於是，故事要從那個早晨說起。漢克起了個大早。這通常不是糟糕壞小孩會做的事，除非他們有邪惡的計謀，而漢克一定有。

惡作劇的漢克

　　首先，他脫下睡衣，穿上泳褲，戴上蛙鏡。接下來，漢克找出筆筒，躡手躡腳走出房間，溜到樓下的廚房。他把冰箱裡的所有冰塊倒進水桶，然後拎著水桶朝浴室前進。漢克進入浴室，盡量小聲地關上門。 **喀嗒！**

　　漢克看著鏡中的自己。他要怎麼做才能看起來像在浴缸裡泡了整夜？他拿起一枝棕色簽字筆，在全臉和全身畫上幾百條線，沒多久，男孩看起來完全就像一顆超大的**梅子乾**。

找出不一樣的地方

梅子乾

漢克

漢克儘可能悄聲無息地行動，他轉開冷
水水龍頭，再把所有冰塊倒進浴缸。如果水
是熱的，沒有人會相信他在裡面待了整夜。
漢克懷著忐忑不安的心情，跨進浴缸。

「咯嚕嚕嚕！」
好冷！

最後，他躺進水裡，等母親起床。果然，
不久後，漢克聽見母親重重的腳步聲，從走
道另一端朝浴室走來。

喀搭！ 喀搭！ 喀搭！

惡作劇的漢克

太好了！漢克心想。他只敢無聲叫好，以免破壞了這個超級大驚喜。一場驚天動地的大驚嚇正等著母親！一定可以讓她徹底發瘋！

只不過母親根本沒有去看浴缸，她剛起床，還處於半夢半醒的狀態。

她一屁股坐上馬桶，一會兒後按下沖水鈕。

嘩啦！

眼看母親即將離開浴室。

噢，天啊！漢克心想。不過，她想必很快就會回來，到時就可以**整到她了！**

鬧哄哄
糟糕壞小孩

　　浴缸裡的水開始變得冷一冷一冷到不行，漢克抖一抖一抖個不停，牙齒頻頻打一打一打顫。

　　卡嗒！卡嗒！
　　　　　　卡嗒！

　　還有，男孩發現皮膚正在起皺萎縮，變得跟梅子乾一樣，根本不需要拿簽字筆畫線偽裝。不過，既然已經走到這個地步，漢克可不能放棄！母親想必隨時都會回浴室。

　　時間一分一秒流逝。

　　好像過了一小時那麼久，母親終於又進浴室。但她沒有拉開浴簾並發現兒子躺在浴缸裡，反而只是站在洗臉台前洗臉。女兒茉莉一陣風似的跑進來，一把抓起牙刷。

　　「妳有沒有看到漢克？」母親問道。

　　「他一定還在睡。」女兒回答道。

　　「喔！那就讓這個小惡魔睡吧！他在床上待越久，可以用來惡整我們的時間就越少！」

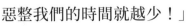

惡作劇的漢克

這對母女很快就離開浴室。漢克有點覺得自己是傻瓜，還是一個凍到不行的傻瓜。他依然躺在浴缸裡等待，現在感覺變得比在北極的海裡游泳還冷。

終於，父親走進浴室。他一定會發現漢克吧？父親拿起一塊棉絨布開始刷洗腋下。漢克想要大叫「**看一下浴缸！**」但他已經**冷**到說不出話，嘴巴凍到僵掉。

父親離開浴室，漢克終於明白，他必須終止對母親的惡作劇。他聽見家人在樓下的廚房吃早餐。

爬出浴缸對漢克來說是艱鉅的任務，因為他全身**抖個不停**。

男孩察看鏡中的自己。

他竟然變成

淡藍色**的了**。

鬧哄哄
糟糕壞小孩

　　他覺得自己宛如被冰塊凍住，他拖著腳步，慢慢穿過走道，來到樓梯口。漢克的腳已經凍到僵硬。

惡作劇的漢克

他嘗試跨下一階，卻向前倒下，然後

鏗鏗！

鏘鏘！

哐啷！

溜

下樓

梯。

他的身體急速衝過樓下的走道，就像

平底雪橇。

鬧哄哄
糟糕壞小孩

漢克的頭 **撞上** 廚房門，

整個人剛好
    停在
        母親腳邊。

母親低下頭，看著她藍色的兒子。
「是在搞什麼？」 她大聲質問。
「他又在惡作劇了！」茉莉說道，她正在
大口咬著吐司。

惡作劇的漢克

「哦，是啊！」父親說道，他只顧著看早報，頭也沒抬一下。

「他全身都溼了，還有，你看，他用簽字筆在身上畫那麼多線！」茉莉宣稱。「他一定是把自己塗成了藍色，漢克這次真的**超越了他自己！**」

「他好像藍色小精靈！」父親觀察了一番說道。

「到底是要搞什麼？」母親困惑地問道。

茉莉想了一會兒，低頭看看哥哥，他還躺在油地毯上抖個不停。

「漢克想要製造他在浴缸裡**泡了整夜**的假象！」

鬧哄哄
糟糕壞小孩

「哦，對！」母親大聲說道。

三人放聲大笑。

「哈！哈！哈！」

「這次**換你**變成笑柄了，漢克！」父親說道。

「我喜歡！」母親附和。因為局面終於翻轉，她眼神明亮，欣喜若狂。

漢克依然躺在地上拚命發抖。

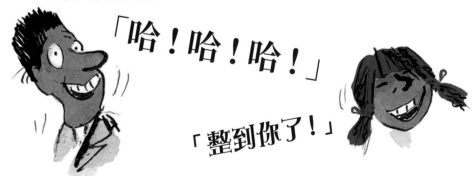

「救─救─救─救─救─救─命─命─命─命─命─命─哪─哪─哪─哪─哪─哪─！」

他牙齒打顫地說。

三個人狂笑起來。

「哈！哈！哈！」

「整到你了！」

他們齊聲叫道，然後繼續埋頭吃早餐。

卡滋卡滋！呼嚕呼嚕！窸窸窣窣！

惡作劇的漢克

　　漢克躺在廚房地上好幾個小時，不能說話也不能動，家人終於察覺情況真的不妙。

　　男孩被救護車緊急送醫。

喔咿！

喔咿！

喔咿！

　　醫生和護士把他的擔架抬進兒童病房，再把他立在暖氣邊。

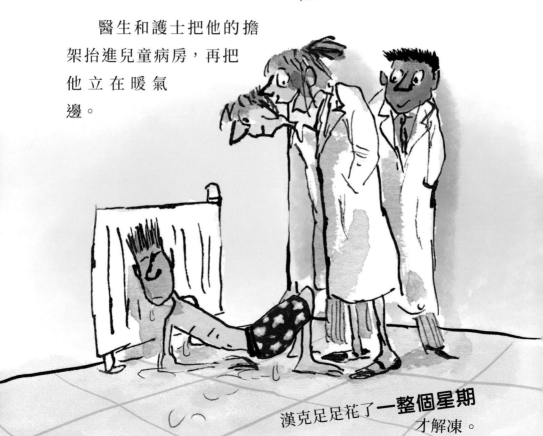

漢克足足花了**一整個星期**才解凍。

　　有一件很難堪的事，他需要動手術才能移除身上那件泳褲。由於極為冰冷，褲子已經和屁股完全**黏**在一起。

　　當惡作劇玩過頭，甚至失控，就有可能發生這種事。如果你惡整別人，最終淪為笑柄的可能反而是**你**。

手術室
方向

整到你了！

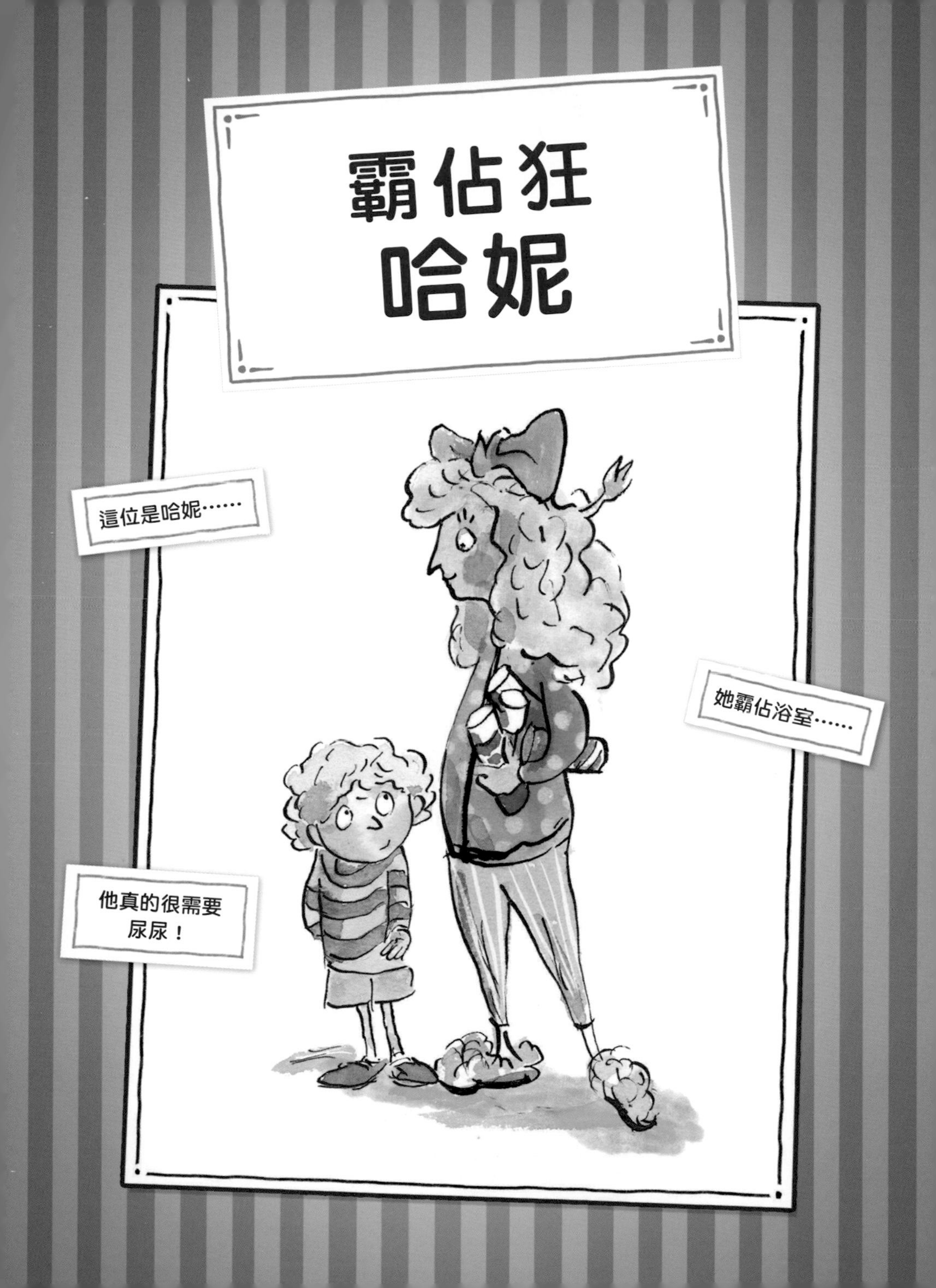
霸佔狂
哈妮
這位是哈妮……
她霸佔浴室……
他真的很需要
尿尿！

霸佔狂
哈妮

　　哈妮**霸佔**浴室。這個女孩出門前會花很長的時間準備，等到她真的出門時，她打算參與的事早就結束了，往往已經過了好幾天。

霸佔狂哈妮

哈妮為什麼會變成霸佔狂，因為她有全球史上最長的梳妝打扮標準程序，甚至比埃及艷后打扮的步驟還要繁瑣，這位艷后可是用驢奶泡澡。伊莉莎白一世和她相比同樣望塵莫及，這位英國女王可是長時間用水蛭吸自己的血，好讓皮膚看起來白白的。法國國王路易十六的瑪麗皇后也要自嘆不如，這位皇后的髮髻可是高達一公尺，每天早上都需要逆著髮流梳頭，把頭髮刮到非常蓬鬆。

但，哈妮‧弗朗克的梳妝步驟是**史詩級的。**

首先，這女孩會敷上泥漿面膜，用的是從弟弟荷瑞斯那裡偷來的雕塑黏土

接下來，她會進行接髮，把**義大利麵**黏上自己的頭髮。

第三，她會利用肉汁粉化出曬黑的妝容。她把粉倒進熱水攪勻，再抹在皮膚上，讓自己看起來曬得很黑。哈妮（Honey）的名字明明就是蜂蜜的意思，但她身上總是有一股淡淡的牛肉味，就是因為塗了這個東西。

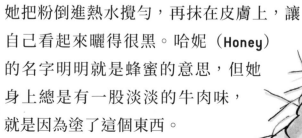

接下來就該和鼻毛奮戰了。哈妮會用膠帶把它們黏出來，再把膠帶捲回去並擺回抽屜，讓別人繼續使用黏滿她鼻毛的膠帶。

接著登場的是有冰鎮效果的眼膜，她直接在兩個眼睛上**各插一隻冰淇淋甜筒。**

最後，哈妮會把眉毛刷順，刷子就拿弟弟養的倉鼠來代替。

不用說，她的梳妝打扮簡直是一種**精神錯亂**的行為，因此每次打扮完，哈妮的樣子總是比沒打扮時可怕得多。

打扮前

打扮後

霸佔狂哈妮

　　對家人來說，問題在於哈妮霸佔浴室太久，永遠輪不到他們用。家裡只有一間衛浴，弟弟荷瑞斯是那種五分鐘就需要尿尿的小男生，任何事物都可以觸發他的尿意，包括：

暖氣滴水的聲音……
轉開水龍頭……
坐車時汽車壓過減速帶……
看著池塘……
鯨魚唱歌……
一根腳趾伸進公園淺
水池……
有人偷偷接近他背後並大叫

「哇！」

雨打帳篷的聲音……
坐在運轉的洗衣機上面……
天氣冷……
天氣熱……

看著尼加拉瀑布的照片……
坐公車時途經水庫……
想到黃色的東西，比如香蕉、
橡皮鴨和紐約計程車……

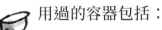

鬧哄哄
糟糕壞小孩

荷瑞斯尿急時每每遇上姊姊霸佔浴室，
可憐的孩子被迫在緊急情況下使用各種容
器，而且他每次都很緊急，

用過的容器包括：

　　金魚缸……

　　蛋杯，其實是多

個蛋杯……

　　盆栽……裡面的植物很快就死了。如果動植物能寫信，
這棵植物一定會寫一封措詞特別嚴厲的信：

敬啓者：

　　最難以啓齒的事情發生了，事實上，
因為實在太難以啓齒，使得我無法說出
來。結果就是我死了，我必須告訴你，
這件事讓我不高興，不是只有一點
點而已。

　　　　你誠摯的
　　　　番紅花

　　附註：我是植物。
　　　　再附註：我死了。

霸佔狂哈妮

身為大姊的哈妮很喜歡捉弄小弟。她知道弟弟總是尿急，所以故意讓他的人生**淒慘無比**。畢竟哈妮是全世界最糟糕的小孩之一。弟弟快要尿出來時，她會害他更難過。荷瑞斯在外面用力敲浴室門⋯⋯

砰！砰！砰！

⋯⋯哈妮故意轉開水龍頭。

嘰！

聽到水流聲，荷瑞斯立刻交叉雙腿，原地**上下**跳。

跳！ 跳！ 跳！

「我要上！」他大叫。

「嘿！嘿！嘿！」她竊笑。

有時候，荷瑞斯睡得正香⋯⋯

「齁齁齁齁！齁齁齁齁！**齁齁齁齁！**」

⋯⋯哈妮把弟弟的手放進溫水杯，讓荷瑞斯驚醒，急得不得了，非用最快的速度衝去上廁所不可。

「啊！我真的要**上**！」

他急得要命，連燈都來不及開，把衣櫥誤認為浴室。

「舒服！」他會大大鬆一口氣。

「**嘿！嘿！嘿！**」哈妮聽見自己製造的混亂，就會竊笑起來。

故事要從那個特別的夜晚說起，哈妮策劃了一個**極度殘酷**的計謀，準備惡整小弟。這個計謀會讓小男孩想要尿尿，而且**急得要命。**

首先，哈妮將火辣辣的辣椒粉倒進荷瑞斯的晚餐。

他吃下第一匙薯泥，立刻噴出來，噴得老遠。

「**嘔！**」

噗！啪嗒！

那口薯泥打中窗戶。　**叮！**

「**救命！**」他叫道。

當然，荷瑞斯不知道自己為什麼眼淚汪汪，臉變**鮮紅色**，舌頭像是著火。

霸佔狂哈妮

「最親愛的弟弟，我對你的愛比山高比海深，你到底是怎麼了？」哈妮睜眼說瞎話。

「我不知道！」荷瑞斯叫道。「我覺得自己好像**著火了！**」

「可憐啊可憐，不過，這種事怎麼可能會發生？」

「拜託！**救我！**」

「水！你需要水！」哈妮宣告，肉汁色臉上綻出一抹邪惡的笑容。

「快！**拜託！**」他大叫，臉變得比番茄還紅。

以下是紅色事物的色階：

西瓜　郵筒　龍蝦　倫敦公車　紅寶石　辣椒　小紅帽的紅帽　撞球　滅火器　中國國旗　法拉利跑車　番茄　荷瑞斯的臉

相當紅　　　　　　　　　　　　　非常紅

鬧哄哄
糟糕壞小孩

女孩一把抓住小弟的胳膊，把他拉去廚房。

「這邊，我親愛的弟弟！」她說。

她在廚房的餐具櫃找到**最高的**玻璃杯，從水龍頭接一整杯滿滿的水，直滿到邊緣。

「**喝吧！喝吧！**」她命令。

哈妮把杯子湊到他嘴邊，將一大杯水倒進荷瑞斯的喉嚨。

咕嚕！咕嚕！**咕嘟！**

他才剛喝下去，哈妮立刻宣佈：「你還是很紅，親愛的荷瑞斯。**再喝一杯！**」

她又倒了一杯滿滿的水，灌進他的喉嚨。

咕嚕！咕嚕！咕嚕！**咕嘟！**

接著又一杯。

咕嚕！咕嚕！咕嚕！咕嚕！**咕嘟！**

接著又一杯。

咕嚕！咕嚕！咕嚕！咕嚕！咕嚕！

接著又一杯。**咕嘟！**

咕嚕！咕嚕！咕嚕！

霸佔狂哈妮

咕嚕！咕嚕！**咕嘟！**

接著又一杯。

咕嚕！咕嚕！咕嚕！咕嚕！咕嚕！

咕嚕！咕嚕！咕嚕！**咕嘟！**

　　只為了確保她邪惡的計謀奏效，她往小弟的喉嚨倒進最後一杯水。

　　「謝謝妳！」荷瑞斯說。男孩的臉已經恢復正常，他再也不覺得自己像是坐在火爐上。然而，新的問題出現，他的肚子裡有幾加侖又幾加侖的水流來流去，足夠灌滿一座公園淺水池。他覺得自己像一個**巨型水球**，看起來確實很像。

找出不一樣的地方

荷瑞斯

巨型水球

不用說，荷瑞斯想尿尿，而且急得要命。

「我要去**上**！」他喊道，用力咬著嘴唇嘗試忍住。**「好痛！」**

「噢，我忽然需要**用一下**浴室，荷瑞斯，我先去梳頭。」哈妮嘻嘻笑道。

「不！求求妳！我要上！**就是現在！**」

「你的禮貌到哪去了，小弟？」女孩應道。「**女士優先！**」她說完便搶在他前面衝向浴室。

「不！求求妳！我真的需要上！就是現在！就是，老實說，**就是剛才！**」

哈妮把變得圓滾滾的弟弟推開，用力關上浴室門。

砰！

然後上鎖。

卡嗒！

霸佔狂哈妮

荷瑞斯太急了，只能竭力阻止尿流出來。他把充滿水的雙腳交叉，原地上下跳，然後用力敲浴室門。

砰！砰！砰！

嘩啦嘩啦嘩啦！他體內的水嘩啦啦。

「哈妮！讓我進去！
求求求求求求求求求求求求求求妳！」

「幾小時後再來吧，親愛的荷瑞斯。」女孩在上鎖的門後溫柔親切地說。「嘿！嘿！嘿！」她竊笑，臉上綻出邪惡的笑容，哈妮非常享受這個過程。

荷瑞斯等不了那麼久，他連幾分鐘也等不了，恐怕幾秒鐘都不行。荷瑞斯在家裡到處找地方，任何可以代替的地方都好。無數加侖的水在他體內淅瀝又嘩啦、嘩啦又淅瀝，但願他能尿尿就好了！

但上哪裡尿？

不能尿在盆栽！要是他又害死一棵植物，他的麻煩可大了。

不能尿在金魚缸！金魚已經原諒他一次——不可能再有第二次！

荷瑞斯快步趕到窗邊，這是完美的解決辦法，他可以尿在窗外！他興奮地期待著，手**發顫地**打開窗戶。

荷瑞斯已經準備要大大鬆一口氣。

但他在尿之前低頭看了一下。

太不幸了！

鄰居那隻名叫噗嘶金的貓剛好在下面的草坪上整理身上的毛。

「**喔，不！**」荷瑞斯叫道。「要是我尿在貓身上，絕對上不了天堂！」

霸佔狂哈妮

男孩猜得沒錯，世上有很多糟糕的事，一旦你做了，

你就**絕對**、**絕對**、**絕對**上不了天堂，這些事包括：

用窗簾擤鼻涕……

把仙人掌放進父親的內褲……

趁奶奶看電視看到打瞌睡，把她的太妃糖

掃光……

把小小孩的玩具氣球弄破……

在大眾交通工具上**吃咖哩**

飯……

在圖書館**放鞭炮**……

對沙鼠**咳嗽**……

大出跟潛水艇一樣大的產物，還**不**

沖馬桶……

把蛋糕店每塊蛋糕都咬一口，**不付**

錢就開溜……

把手上沾到的可怕東西**抹在小狗身**

上……

可憐的男孩用力咬手指，把尿意硬逼回去。

「**噢！**」好痛。

可是沒有用，他一定要找到一個地方，任何地方都好。荷瑞斯情急之下又趕回浴室，對著門用盡全力敲打。

砰！砰！砰！

「親愛的荷瑞斯，我不會太久！我正在解開頭髮最小的結，何不明天早上起床後再來？」哈妮回應。「嘿！嘿！嘿！」

「我等不下去了！」男孩叫道。他已經咬過嘴唇和手指，乾脆把注意力轉移到牆上的水管，張嘴直接咬穿它。

嗒啦！

水管出現跟嘴一樣大的洞。

「**糟了！**」他說。

就在這一瞬間，荷瑞斯想到**最了不起**的主意。他可以**尿進**這根破掉的水管裡！

他就是這麼做的。

霸佔狂哈妮

「**啊！**」男孩嘆道，水開
始從他身上**湧出**。

哈妮把耳朵貼在門上，聽見外
面的動靜。怎麼會這樣？這可不在計畫中！她
要小弟受罪！

哈妮只顧注意門外發生的事，沒發現浴室裡面的變化。
荷瑞斯咬破的水管一定是和馬桶相連，因為現在馬桶裡的
水開始**滿出來了**。

咕嚕！咕嚕！咕嚕！

浴室很快就變成游
泳池。

哈妮終於注意到腳下是溼的，接著
膝蓋也溼了，然後是腰部。

她還在想：真奇怪。

女孩轉頭，看見水從馬桶大量湧出，不久浴室便完全泡在水裡了。

「**不不不！**」
她哭叫。

霸佔狂哈妮

　　哈妮拚命游向馬桶，想要阻止水勢。她往下潛，壓下沖水鈕。

嘩啦！

　　浴室裡的水開始打著漩渦，沿著彎管流出去，哈妮面露微笑地觀看。但她隨即發現，自己也被那股漩渦捲下彎管！

「**啊！**」她叫道。

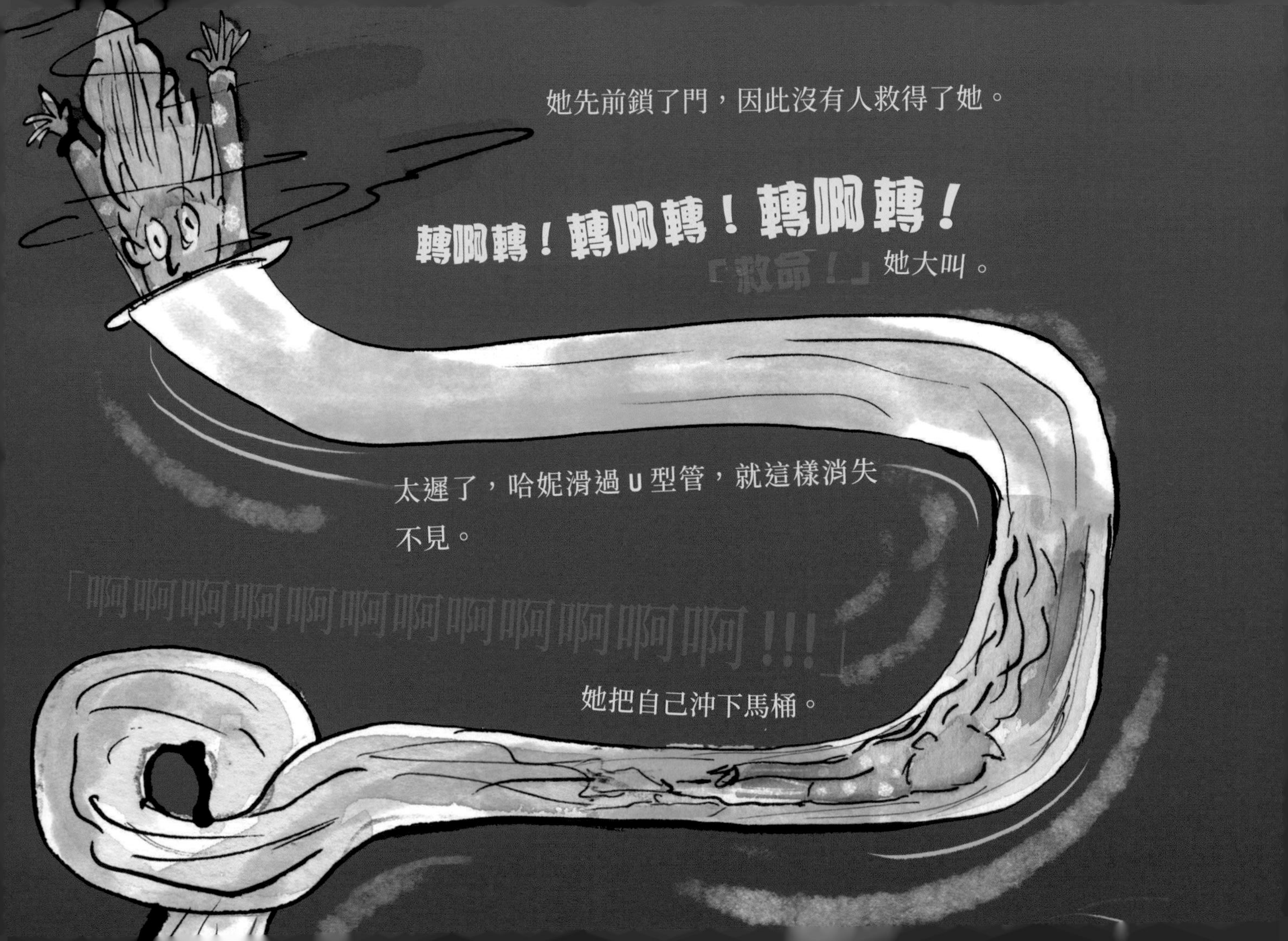

她先前鎖了門，因此沒有人救得了她。

轉啊轉！轉啊轉！轉啊轉！

「救命！」她大叫。

太遲了，哈妮溜過過U型管，就這樣消失不見。

「啊咿啊咿啊咿啊咿啊咿啊咿啊咿！！！」

她把自己沖下馬桶。

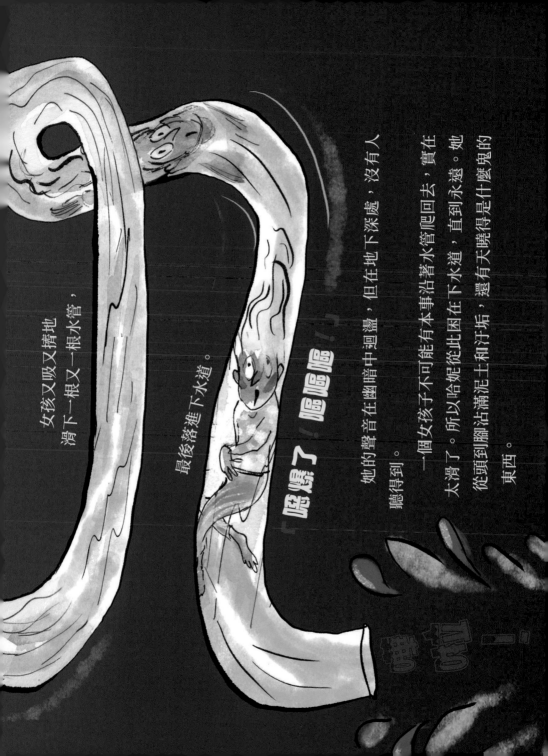

她的聲音在幽暗中迴盪，但在地下深處，沒有人聽得到。

一個女孩子不可能有本事沿著水管爬回去，實在太滑了。所以哈妮從此困在下水道，直到永遠。她從頭到腳沾滿泥土和汙垢，還有天曉得是什麼鬼的東西。

女孩又吸又擠地滑下一根又一根水管，

最後落進下水道。

噗嚕了！嗚嗚嗚！！

嘩啦！

當然，如果你霸佔浴室，就有可能發生這種事。

至於荷瑞斯，你會很高興地發現，他現在**愛什麼時候尿就什麼時候尿。**

「嘿！嘿！嘿！」

無人佔用

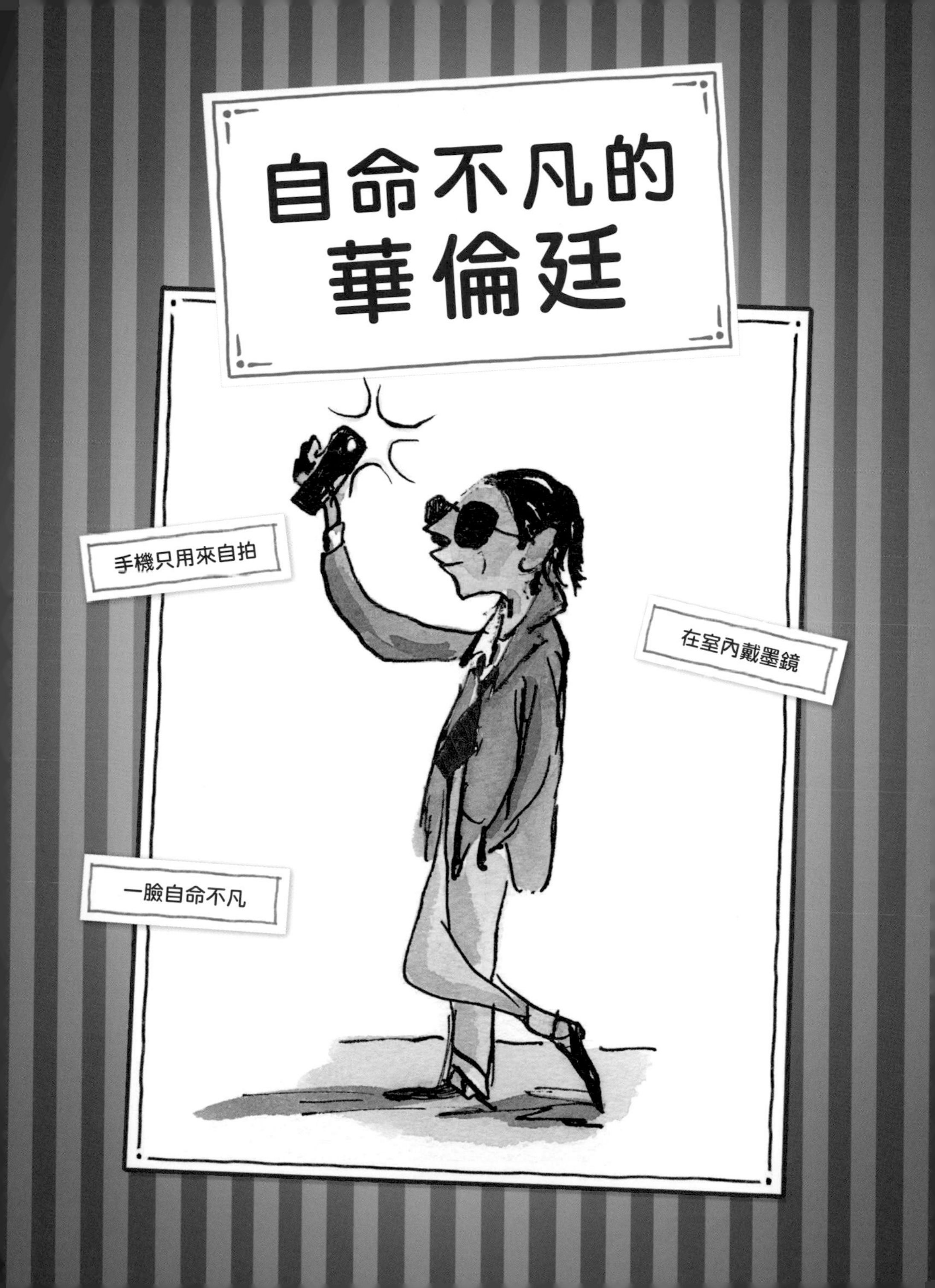
自命不凡的
華倫廷
手機只用來自拍
在室內戴墨鏡
一臉自命不凡

自命不凡的
華倫廷

　　華倫廷是帥哥，這傢伙**自己也知道！**他自命不凡得不得了，走過鏡子時無法不照一下自己的樣子。有一次，幾位同學走進男廁，發現華倫廷在**親吻**鏡中的自己。

自命不凡的華倫廷

華倫廷相信自己帥到應該要舉世聞名才對。他**沒有任何才華**，但他不會讓這成為他成名的阻礙。男孩擺出一副他很有名的神氣嘴臉，戴著墨鏡趾高氣昂地遊走學校各處，把每個人都惹毛了。**他從來沒有拿下墨鏡過**，就算天黑了也一樣，因為看不到要去的方向，導致他整天撞到東西。

砰！

「痛啊！」

如果老師遞給他一張留校通知單，他會以為老師想跟他索取親筆簽名，在上面龍飛鳳舞一番就還給老師。

「拿去裱框吧！立刻就會變成傳家寶！」

華倫廷拒絕從事任何運動，以防球意外打中他完美的臉。

「抱歉，各位！**我是靠臉吃飯的！**如果我長得跟你們一樣，早就破產了！」

有一次，他的鼻尖冒出一顆**大紅痘**，
因為實在太可怕，他整個學期都沒有上學。

「**不！**我以為我是無瑕的！

完美無瑕！」

華倫廷沒空跟朋友在一起，他所有休息時間和午休
都在自拍。

根據上次統計，他的手機裡有八十九萬五千七百三十
一張自拍照。沒事時他會一直滑手機裡的照片，欣賞自己。

「這張的我拍得真好，又一張的我拍得真好。哇，還
有一張的我拍得真好。為什麼沒有人告訴我，我是**這麼這
麼這麼的帥？**

自命不凡的華倫廷

華倫廷聲稱情人節是以他的名字來命名的。[12] 他會寄幾百張卡片給自己，然後在上課時拆開，想要讓大家驚艷。「哦，不，真難為情！不過又有一張卡片對我這個小傢伙宣告至死不渝的愛！」

女同學死都不會送他卡片。他是長得不錯，但**個性超級討人厭。**華倫廷真的是糟糕壞小孩之一。

12　華倫廷的英文是 Valentine，跟情人節的英文 Valentine's Day 前一個字一模一樣。

鬧哄哄
糟糕壞小孩

　　有一天，華倫廷想了一個自以為很棒的主意，他確信這個主意將促使他成為明星、大明星，甚至**超級巨星**。他將因為設計全球最大型的追吻比賽而刷新世界記錄，他的名字將榮登世界記錄名冊。華倫廷將是這場大型競賽中唯一的男孩，同時會有數百名女孩追逐他，渴望與他親吻。一想到這裡，他就開始得意地嘻嘻笑出有史以來最**得意的嘻嘻笑。**

　　但這件事不能自己一個人完成，於是華倫廷在全校各處貼了幾百張海報，上面印著他的臉。

女同學們，這是妳們畢生僅有的一次機會，可以親吻就算不是全世界至少也是全校最帥的男生：華倫廷。（不用說也知道。）

星期五下午四點來學校操場找我，共襄盛舉全世界最大的追吻賽。

麻煩注意一下，僅限漂亮女生參加。

自命不凡的華倫廷

華倫廷不知道,全校女同學沒有人想要親他。事實上,她們覺得他自命不凡到令人作嘔,他根本是個大笑話。海報最後一行:「麻煩注意一下,僅限漂亮女生參加」讓他愈發討人厭。

全校最聰明的學生名叫愛美琳,她一看到海報貼出來,立刻傳話給全校,要所有女同學祕密開會,她有個**好計策**,可以讓這個白癡**學一次乖**。

鬧哄哄
糟糕壞小孩

　　隔天早上，她們利用上課前的空檔在體育館集合。愛美琳爬上跳箱，對群眾發言。

「姊妹們！」

　　她開口叫道。愛美琳有一點點口齒不清，反而讓她說的話聽來比平時更聰明。「相信大家已經看到自命不凡的華倫廷在全校張貼的噁心海報了吧？」

　　所有人齊聲高呼 **「對」**，後面跟著一聲倒彩：

「呸！」

自命不凡的華倫廷

「他竟敢寫『僅限漂亮女生參加』?! 我們每個人不管長得怎麼樣都很漂亮。」

群眾爆出響亮的歡呼。

「讚！」

「我們一定要給這個令人作嘔的傢伙一個教訓！」

「**對**！」 群眾高呼。

「但要怎麼做？」後面一位名叫席爾薇亞的女生問道。

「他想要舉辦追吻，我們就給他來一場追吻。」

女孩們彼此互望，開始交頭接耳。那樣怎能讓華倫廷受到教訓？

愛美琳微微一笑，她胸有成竹。「我們就把他一路追出校外！」

「**好**！」 女孩們熱烈地喝采。

「運氣好的話，他說不定**永遠**不會回來！」

愛美琳開始詳細說明她的計畫，要大家發誓保密。

鬧哄哄
糟糕壞小孩

星期五下午將近四點，華倫廷前往操場，與世界記錄名冊的職員碰面。這是一位一臉嚴肅的女士，身穿鮮豔的西裝上衣與裙子，拿著一個寫字板。真是一個「**冷若冰霜**」的開始。

「嗨，**寶貝們！**」華倫廷說著，跳到她面前，抬高墨鏡看她。

「是的，就是我本人——**光輝燦爛**華倫廷是也。」沒錯，那真的是他的暱稱。

「光輝燦爛先生，請叫我潘克赫斯特小姐。」女士答道。「我當然不是你的『**寶貝**』。」

男孩嚇了一跳。在他心目中，這顆星球上每位女性一定都會仰慕他。「我剛才是說『**寶貝們**』，不是『**寶貝**』。」

「哦，那不僅有種高高在上的優越感，文法也不通。我說，你打算締造世界記錄的那些女孩在哪裡？你不能自己一個人進行追吻！」

華倫廷看看空蕩蕩的操場。「不用擔心，**寶貝們**，我是說潘克赫斯特小姐。那些**美眉……**」

自命不凡的華倫廷

　　女士對男孩露出嫌惡的表情。華倫廷繼續害自己陷入更尷尬的窘境。

　　「我是說**甜心**，不是……**洋娃娃**……呃……**美眉？**」

　　「你何不就用『**小姐們**』稱呼她們就好了？光輝燦爛先生。」

　　「小姐們？我沒想到。對，沒錯，那就是──**我的小姐們。**」

　　潘克赫斯特小姐無奈地搖頭。此時愛美琳率領全校所有年輕小姐來到操場。

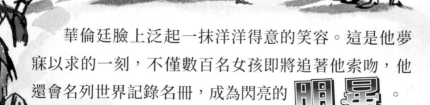

　　華倫廷臉上泛起一抹洋洋得意的笑容。這是他夢寐以求的一刻，不僅數百名女孩即將追著他索吻，他還會名列世界記錄名冊，成為閃亮的**明星**。

鬧哄哄
糟糕壞小孩

　　華倫廷端詳群眾，得意的笑容漸漸垮下來。「我已經說過僅限漂亮女生參加！」

　　女孩們發出**「嘖嘖」**聲，表達不認同。他真的是個卑劣的小孩。

　　潘克赫斯特小姐翻了個白眼，開始代替他主持現場。「好的，小姐們。麻煩各位，若願意站到那條白線後方，請站過去，非常感謝大家。

自命不凡的華倫廷

　　這是一場史上規模最大的追吻世界記錄挑戰賽，目前的記錄保持人是流行音樂明星布萊德‧布拉特斯先生，他曾在拉斯維加斯的演唱會後受到三百一十七位粉絲追逐。他們一路把布拉特斯先生追到大峽谷，造成他墜崖身亡。這真是布拉特斯先生**不幸**的日子，話又說回來，不是那個圈子的人，也不會懷念布拉特斯先生得意洋洋的小臉和令人煩躁的那些歌。不過，這依然是目前為止追吻的最高記錄。我剛才數了一遍，現場有三百四十二位年輕小姐，大大刷新了目前的記錄。

光輝燦爛先生，準備好了嗎？」

鬧哄哄
糟糕壞小孩

「我好像有一根頭髮沒梳好！」華倫廷說著，以手指梳理頭髮。

女同學紛紛嘆氣，大翻白眼。他奔到窗前，檢視自己的倒影，發現一小根細毛沒有像其他頭髮一樣完美服貼，他便伸手拍了拍它。接下來，他還順了一下辛苦拔過的眉毛。

最後，他對自己眨眨眼，微微一笑，然後自言自語：「我不能**跟自己結婚**，實在太可惜了。」

愛美琳做出嘔吐的樣子，把其他女孩逗樂。

「**哈！哈！**」她們大笑。

「噓！」愛美琳立刻噓她們，不希望華倫廷發現她們的**祕密計畫**。

「好的，我準備好了，**寶貝**。」男孩宣稱。

潘克赫斯特小姐做了個討厭的表情。

「**小姐們，妳們準備好了嗎？**」

自命不凡的華倫廷

「**好了！**」她們齊聲答道。女同學們等這一刻已經好久好久。

每個人都把事先預備好的面具藏在背後，每個面具都**是華倫廷的臉**。他在全校貼了那麼多張自己的海報，女孩們輕輕鬆鬆就可以把他的臉剪下來，再戳兩個洞當眼睛。

愛美琳下令。「**姊妹們，戴上面具！**」

這個畫面令人震驚，三百四十二位女孩看起來全都跟即將被追逐的男孩一模一樣。

華倫廷看著這幅景象，覺得好詭異！

「**怎──怎──怎麼……？**」男孩氣急敗壞地說。

但是，他還沒來得及說完，愛美琳已經率先發話。

「華倫廷，你是多麼的愛自己，因此我們認為，你會喜歡被你自己的那張**笨臉**追逐！

現在，**衝啊！」**

姊妹大軍拔腿狂奔，宛如要上戰場**衝鋒陷陣**。

「不不不不不不不不！」

自命不凡的華倫廷

　　華倫廷尖叫，開始死命逃跑，一鼓作氣穿過操場。

「救命！」 他叫道。

　　但沒有人來救他。

　　只有幾百雙腳朝他奔來。逃命途中，華倫廷經過水池，忍不住要停下來看看自己的倒影，哪怕此刻他滿臉眼淚鼻涕狂流，

華倫廷
依然給自己
一個好評：

「完美！」

鬧哄哄
糟糕壞小孩

　　很不幸，華倫廷停下來欣賞自己，結果證實是大大的失策。整所學校的女學生可是擁有如同**整群遭驚嚇而逃竄的牛羚**一般的威力，自命不凡的華倫廷就這樣遭到踐踏。

　　「**停！**」愛美琳下令。

　　但為時已晚。

　　男孩已經被**踩扁**，就像一片薄餅。

　　群眾分開，大家拿下面具，低頭看著自己的「傑作」。

　　「糟糕了。」愛美琳充滿哀傷地說。「我們可能把他**殺了。**」

　　「不過，往好的方面想，妳們締造了史上**最扁的**男孩世界記錄。」潘克赫斯特小姐補充說明。

　　寂靜如厚厚的雪降落操場。

　　「所以說，我會被列入世界記錄名冊！」有個聲音傳來。「我會比現在**更出名**，哪怕我已經非常**出名了。**」

　　原來是華倫廷在說話。

　　扁平男孩慢慢起身。

自命不凡的華倫廷

他現在跟房子一樣又**高**又**寬**。「真是天大的好消息！」

「是……是啊……」潘克赫斯特小姐答道。

「我覺得有點奇怪。」華倫廷說。

「我看起來是不是

很怪？」

「沒有、沒有、沒有。」大家心虛地喃喃說道。

他像一張帆飄向教室的窗戶，打算看看自己的倒影。

他的臉活像晚餐的**大圓盤**，中間是壓扁的鼻子，兩眼的距離變得很寬。華倫廷仔細端詳自己好一會兒。

「還是一樣迷人！」他說。

所有旁觀的女孩都張大嘴巴驚呆了，就看他愈飄愈遠。

「為了他好，希望不要有風吹過來。」愛美琳發表意見。「不然他說不定會像風箏一樣騰空而去。」

「哈！哈！哈！」
大家全笑了。

跋扈的
邦妮

臉很跋扈

想法很跋扈

樣樣都跋扈

跋扈的
邦妮

邦妮是有史以來最跋扈的女孩。
她會像管家婆一樣對待每個同學。

「別笑得那樣，萊麗
莎，妳的聲音聽起來
像海豹！」

第一部

- 188 -

跋扈的邦妮

　　「咀嚼時閉上嘴，雪兒！張著嘴讓妳看起來**非常粗俗**！」

　　「把頭髮弄直吧，派瑞。你看起來活像**捲毛狗**！」

　　她甚至也像管家婆一樣對待老師。

　　「德萊波老師，我知道你非常非常老，但請不要再**流口水了**！」

　　「幫幫忙，特倫頓老師，整理一下你的領帶。你看起來好像**昨晚睡在水溝裡**！」

　　「理查斯老師，好好學習**怎麼正確發『ㄨ』的音**！你剛才提到的動物叫做『浣熊』，不叫『緩熊』！我從來沒聽過『緩熊』！」

　　當然，她的家人更是她這位管家婆的箭靶。

　　「弟弟，不要在餐桌上**玩溜溜球**！」

　　「父親，不要再**挖鼻孔了**！」

　　「母親，喝茶時不要發出咕嚕咕嚕的聲音！

很難聽！」

鬧哄哄
糟糕壞小孩

　　故事要從那天晚上說起，家中的情勢已經來到緊要關頭。家人再也無法忍受邦妮的跋扈，吃晚飯時四人一聲不響地坐在餐桌旁。邦妮的父親沒有吃完盤裡的食物，使得原本緊繃的氣氛愈發劍拔弩張。

　　「父親，**吃掉你的豌豆**，不然你明天就得吃這些冷掉的豌豆當早餐！」女孩命令。

　　「不好意思，邦妮。」他開口說道。「可是我已經很飽了，再也吃不下任何東西。」

　　「我說『吃掉』！」她再強調一次。

　　「請別逼我！我的肚子恐怕會撐破！」

　　「那你明天就得吃這些冷掉的豌豆

當早餐！」
「不要！」父親應道。

「不要吃冷豌豆，**求求妳！**

　　我恨冷掉的豌豆。

　　它們會讓我

想吐！」

跋扈的邦妮

「**立刻**吃掉你的豌豆，否則我會把豆子塞進你的鼻孔！」

邦妮沒在開玩笑，她從盤裡拿起兩顆豌豆，打算塞進父親的鼻子。

這位小個子膽小鬼當場痛哭失聲，淚水嘩啦嘩啦流個不停。

「嗚嗚嗚！」

「**不准哭**，否則我就把冰箱整袋冷凍豌豆拿來，逼你吃掉每顆結冰的豆子！」

男人聽見這話哭得更大聲。

「**嗚嗚嗚！**」

「邦妮！放過妳父親吧！」母親懇求。

「我有允許妳說話嗎？母親，如果妳有話要說，要先舉手！」

「是沒有，但是——」

「**我說了，要先舉手！**」女孩咆哮。

母親不情願地照辦。女兒讓這位女士等了幾百年才准她開口。事實上，母親不得不換手，否則原先那隻手會太累。

鬧哄哄
糟糕壞小孩

「什麼事？母親？」

「謝謝妳。邦妮，我現在代表全家人發言，妳必須立刻停止用這種**跋扈**的態度對待我們！」

邦妮瞇起眼睛。「好！母親和父親，**現在立刻**給我回房間！」

「可是——」母親抗議。

「我說了，**立刻！**」

兩位大人嘆了口氣，起身離開餐桌。他們不甘不願地走出飯廳。

「**請快一點！**」邦妮下令。

「**快走！**對了，弟弟！把你的溜溜球放下！今天你負責收拾餐桌，把所有碗盤洗乾淨再擦乾。**明白了嗎？**」

小弟班吉點點頭。

可憐的男孩從出生到現在沒說過一個字。有個全世界最跋扈的姊姊，一聲不吭反而好過一點。

他大多時候都在捲起並放開溜溜球。

跋扈的邦妮

　　樓上的母親和父親躺在床上，開始交談。他們不得不盡量小聲，因為要是太大聲，就會被大罵一頓。

　　「我的愛？」父親用氣音說道。

　　「什麼事，親愛的？」母親低聲說道。

　　「我們**到底**要拿邦妮怎麼辦才好？」

　　「嗯，其實，我最近一直在想，這是最適合**神奇保姆**的一項工作。」

　　「誰？」父親問道。

　　「**神奇保姆！**她是神奇保姆這個電視節目的**明星**，她在節目中幫助父母對付全世界最調皮的孩子。」

　　「妳認為她有本事對付我們的邦妮？」

　　「**神奇保姆**從來沒有失敗過。她的名言是

『調皮搗蛋的小孩最好密切注意，

**神奇保姆**管定你！』」

　　「那麼我們家的邦妮最好注意一點！」父親應道。兩人奸詐地竊笑起來。「嘿**嘿嘿**！」

砰！砰！砰！

有人用盡全力在外面敲他們的門。

「你們兩個！**不准在裡面說話！**」邦妮在外面吼道。

「對不起！」夫妻倆叫道。

「**安靜！**」邦妮命令。兩人隨即安靜。

過了一陣子，他們聽見邦妮尖叫。「**啊！**我床上有蜘蛛。」

父親拿著拖鞋衝進女兒房間。女兒最討厭蜘蛛，他幾乎每夜都要幫她趕一次。說來也奇怪，女兒床上總是會有蜘蛛，幾乎就像是有人故意放的。

這次父親遇到一個問題。儘管他衝去救她，但女兒之前命令他安靜。父親不確定自己是否獲准開口說話，他不想又惹她生氣，便以紙筆溝通。

請問我可以講話嗎？

他潦草地寫下來，拿給邦妮看。

跋扈的邦妮

「**可以！**」女孩尖叫。「只不過字太醜了。」

他寫。

「蜘蛛呢？」他問道。

「在那裡！**殺了牠！**」女孩說道，已經激動到發狂。

牠實在太小了，父親費了好大工夫才看見牠。「這只是小寶寶等級。」他說。

「**殺了牠！**」

父親不忍心這麼做，便重重拍了一下蜘蛛旁邊的床鋪。

蜘蛛被彈到半空中，

然後落在地毯上。

啪！

「你沒打到！」她大叫。「好，母親，妳下床！我今晚要睡你們的床，你們兩個可以睡這裡！」

夫妻倆已不只一次擠在女兒小小的單人床上，而邦妮則呈**大字形**睡在他們的大雙人床上。

跋扈的邦妮

隔天早上，邦妮照常在學校對老師作威作福（她甚至因為女校長克拉德在走廊上奔跑，就罰校長放學後留校），母親則去上班。她查到**神奇保姆**節目製作人的電話號碼，不用說，當他聽完邦妮所有的惡劣行徑，高興得不得了。

「妳女兒聽起來糟糕得太了不起了！抱歉，不是有意冒犯。」他說道。

「沒關係。」母親應道。

「她一定是全世界最糟糕的小孩。」

「我只能遺憾地說，確實如此。」

「不要遺憾——她聽起來就像電視圈夢寐以求的**寶藏**！現在，我有幾個關於邦妮的問題需要問妳。**神奇保姆**需要知道小孩喜歡什麼，更重要的是需要知道小孩討厭什麼。來吧！」

問題一：妳的孩子有沒有極度懼怕什麼東西？

「哦，有啊。蜘蛛！」

「非常好。問題二：……」

鬧哄哄
糟糕壞小孩

　　問題多到令母親震驚不已，但她確信所有問題一定都很重要。

　　談話進入尾聲，母親說：「我們已經無計可施了，沒有辦法再跟她住在一起。邦妮制定了很多家規，**這也不准那也不准**，我們簡直就像是住在**戰俘集中營**裡。」

　　「**戰俘集中營**！哦，這件事妳一定要在電視上說出來！」製作人高興地尖聲說道。

　　「那麼，我在這裡拜託再拜託，**神奇保姆**能不能盡快過來？」

　　「明天就到！剛好是星期六，也就是說我們可以跟拍妳女兒一整天。」

　　「一天？你們需要拍這麼久？」

　　「哦，對啊，要相信**神奇保姆**！

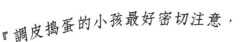

『調皮搗蛋的小孩最好密切注意，

神奇保姆管定你！』」

　　這些年來，我們已經做了幾百集節目。」

跋扈的邦妮

　　他們確實做了這麼多集，誰會忘記神奇保姆那些神奇時刻：

神奇保姆治癒了名叫蘇亨的男孩下西洋棋成癮的症頭，方法是逼他日以繼夜地玩電腦遊戲。
「可是我熱愛西洋棋！」蘇亨抗議。
「那你一定會愛上末日忍者戰士七代！」

名叫愛麗雅的女孩整天聽音樂，神奇保姆成功剪斷她的耳機線，一直跟在她身邊，對著她的耳朵大叫
「啦！啦！啦！」
「別叫了！」愛麗雅哀求。

名叫葛蕾絲的女孩整天播放錄音機，魔音傳腦神奇保姆把錄音機折成兩半。
「不！我需要對全世界展現我美麗的音樂天賦！」
「妳已經害自己的耳朵流血，那就夠了！」

啪！

名叫喬治的男孩沈迷摔角，神奇保姆成功讓他徹底死心，方法是把他丟進一個拳擊場，對手是名叫冰箱的職業大塊頭。

「啊！」

名叫樂蒂的女孩不停搖晃她那顆搖搖欲墜的牙齒，神奇保姆乾脆直接用鉗子把它拔下來。
「噢！很痛耶！」樂蒂叫道。
「我知道，可是我好喜歡。」

名叫卡雅的女孩有購物狂，**神奇保姆** 成功消除這個毛病，方法是為她重新訂定零用錢額度：每一百年只領一便士。[14]
「可是我每週都要買新衣！」
「從現在起，妳可以利用這些舊印花窗簾自己做！」

名叫凱莉的女孩脾氣火爆，**神奇保姆** 成功幫助她控制脾氣，方法是把她壓進冰冷的湖裡，讓她冷靜。
「我好冷──冷──冷──冷──冷！」
「不用擔心，等妳被那隻殺人鯨吞進肚裡，身體應該就會變暖了！」

把調皮小孩蕾拉的小馬換成一頭不動如山的驢。
「快走！」　　「喔咿！」

讓女孩伊莎貝拉準時一次，方法是趁她睡覺時調整她家所有鐘的時間，讓她提早十小時到校。
「人呢？」

成功阻止凱蒂和馬可斯這對老是起衝突的雙胞胎，方法是把一人丟在北極，另一人丟在南極。不知道為什麼，他們還是有辦法朝對方丟雪球。　　「噢！」

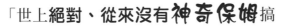

「世上**絕對、從來沒有神奇保姆**搞不定的小孩。」製作人下了結論。

14 一百便士為一英鎊。

跋扈的邦妮

「但你還沒有見識我女兒的本事。」母親嘆氣說道。

「我知道,我已經等不及了。她聽起來就像是百分之百的大壞蛋!明天見!」

父母不敢告訴女兒明天一大早有人來訪。

早上八點,製作人說到做到,門鈴準時響起。

叮咚!

父母和小班吉都躲在樓上的壁櫥裡,邦妮在父母臥房人叫⋯⋯

「去開門!」

⋯⋯沒有人回答。

叮咚!

「我說,去開門!」

另外三人安靜等待。

叮咚!

「好!你們三個慘了!整個星期誰都別想看電視!」女孩大喊大叫,踩著重重的步伐下樓來到前門。

鬧哄哄
糟糕壞小孩

邦妮打開門後大吃一驚，電視台的**神奇保姆**就站在面前。

「**早安！**」**神奇保姆**說道。她是個戴著眼鏡的圓胖女人，梳著一絲不苟的髮髻。她身後是拿著寫字板的製作人，還有扛著攝影機的攝影師，以及一位錄音師。錄音師手上的東西看起來就像**插在棒子上的貓**，一種貓棒棒糖，不過那其實是麥克風。

『調皮搗蛋的小孩最好密切注意，**神奇保姆**管定你！』

這句口號並不出色，但她已經離不開它了。

跋扈的邦妮

「**神奇保姆？**」邦妮問道。女孩不敢相信
眼前所見。她頭一次屈居下風。

「沒錯！妳今天要**倒大楣了！**」女士粗聲說道。

蠻橫的邦妮看起來非常驚駭。這下子換她被人呼來喝
去，就像是她生平第一次有這種遭遇！

「不，不，不！」邦妮開始反抗，但**神奇保姆**已經站上門前台階。

「**神奇保姆**，妳完全搞混了。妳一定是來找我小弟班吉的，他從來沒有說過一句話，妳真的需要把他帶走，關進**籠子裡。**」

「哈哈哈！」這位電視明星自顧自笑起來，不過聽起來就像是自己覺得不怎麼有趣的那種乾笑。「我不是來找他的，我聽說他是個討人喜歡的孩子。妳要安靜，這是小孩的本分。我來是要找……」**神奇保姆**故意誇張地停頓。「……妳！」

「我？」邦妮大聲問道，她無法掩飾心中的震驚。

「對！**妳！**」女士嘻嘻一笑說道。她的氣味和外表都像一條**露出毒牙的蛇，**宛如正準備大開殺戒。

跋扈的邦妮

「**為什麼是我？**」女孩質問，好像覺得受到不公平的待遇。

「因為妳，邦妮·邦尼頓，是一個徹頭徹尾、百分之百的**管家婆！**」

女孩一張臉垮了下來，彷彿她正嚼著一大堆黃蜂。「號稱**神奇保姆**的妳，才是真正的**管家婆！哼！**妳何不帶著妳那搖來晃去的大屁股給我搖來晃去地離開？」

神奇保姆微微一笑，深知收看這集的觀眾一定會多達數十億。這女孩不只是壞，而是壞孩子裡最壞的那一個。

「我不打算離開。」女士厲聲說道，擠過女孩身邊，走進屋內。家人站在二樓樓梯口，急著要了解最新進展。

「**這是你們幹的好事？**」邦妮轉身質問他們，表情和聲音都像**食人魔**。

找出不一樣的地方

食人魔

邦妮

「不是我的主意！」驚惶的父親氣急敗壞地說。「都是**妳母親！**」

他毫不猶豫指向始作俑者。

「可——可——可是，邦妮，請原諒我。我認為這是最好的辦法。」母親怕得發抖。

「母親！立刻給我**下來！**」邦妮命令。「我要妳用**牙刷**去刷馬桶！」

「邦尼頓太太，**待在那裡！**」**神奇保姆**下令。

「母親，**馬上下來！**」女孩要求。

可憐的母親完全不知所措，她同時被兩個人呼來喚去。

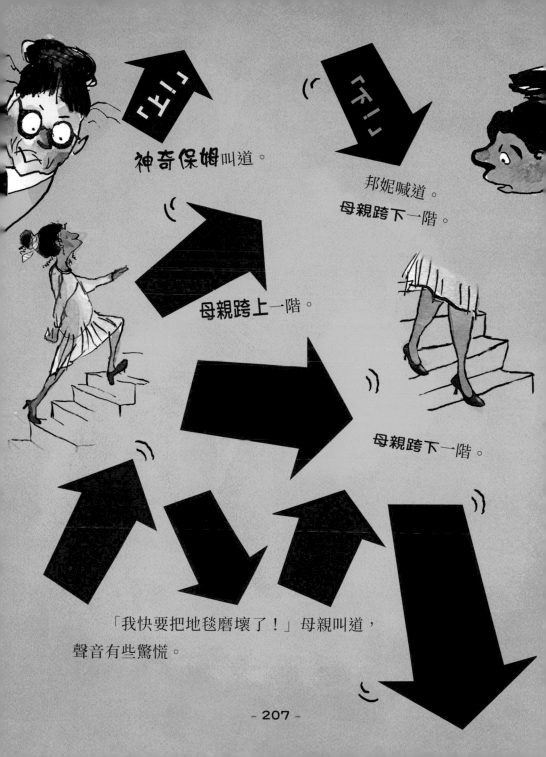

「上！」

「下！」

神奇保姆叫道。

邦妮喊道。

母親跨下一階。

母親跨上一階。

母親跨下一階。

「我快要把地毯磨壞了！」母親叫道，
聲音有些驚慌。

鬧哄哄
糟糕壞小孩

「我對妳很**失望**，邦尼頓太太。」**神奇保姆**開口說道。

「我知道，我知道。」母親喃喃說道。「我是個糟糕的母親，乾脆去跳湖算了！」

「現在沒有閒工夫去搞那種事情，邦尼頓太太！」**神奇保姆**屬聲說道。「妳女兒像這樣對妳作威作福時，妳必須拿回主控權，然後**對她作威作福**！」

「可是要怎麼做？」母親問道。

「不妨將下面數上來第三道階梯當作**頑皮階梯**！妳要告訴她，這裡由妳作主，她必須坐在**頑皮階梯**五分鐘。」

「呃……」母親費力地吞了一口口水。「我會試試看。嗯哼。」母親清清喉嚨。「親愛的邦妮？如果要妳坐在這個非常普通的階梯上一會兒，妳會不會非常介意？」

毀天滅地的頑皮

可笑滑稽的頑皮

頑皮

「我不要！」 女兒吼道。「妳現在就去給我坐在**頑皮階梯**上，否則我會要妳一輩子都悲慘地睡在棚屋裡！」

跋扈的邦妮

母親小小的雙腳儘可能全速移動，飛快拖著身軀來到**頑皮階梯**坐下。

「可憐喔！」**神奇保姆**不屑地說。這女人改向父親喊話。「你打算就這樣**袖手旁觀**，是不是，邦尼頓先生？」

「沒錯，差不多就是這樣。」小個子膽小鬼說道。「如果妳不介意，我需要出去蹓一下狗。」

母親抬頭看他，表情困惑。「我們家又沒有養狗！」

「哦，呃，那我會去買一隻回來。」男人答道，迅速奔下樓。「失陪……」

神奇保姆擋住他的去路。「你給我**待在那裡**，你這個可憐沒用到極點的傢伙！」

「**神奇保姆**，我有麻煩了嗎？」他問道，看起來快哭了。

「你們**兩個**都有！」女士厲聲說道。「邦尼頓先生和太太，你們倆實在是**沒用、沒用、太沒用了！**」

鬧哄哄
糟糕壞小孩

「抱歉。」兩人同時說道。

「**不要抱歉！**這是懦弱沒用的象徵！」

「抱歉！」

「別再說**抱歉**了！」

「抱歉！」夫妻倆答道。

「抱歉，**神奇保姆。**」父親說道。「我們就是無法停止說**抱歉。**」

「好！現在來說正事！我要你們這對可憐蟲像團隊一樣彼此合作，讓女兒現在就坐在**頑皮階梯**上！」

「我們到底要怎樣才辦得到？」母親問道。

「聽到沒？他們要怎樣才辦得到？」邦妮嘻嘻笑著問道。小女孩樂不可支。

「像這樣。」**神奇保姆**答道，笑得更大聲。她的**神奇保姆**封號可不是浪得虛名！女士湊到小女孩面前，把蒜頭鼻貼著她的鼻子，口氣變得邪惡又陰險。「如果妳不照我的話做，那麼**這個**就會成為妳的新寵物，甚至可以整夜跟妳一起**睡在床上！**」

跋扈的邦妮

神奇保姆的手伸進口袋，拿出一隻全世界最大、毛最多的**狼蛛**。

「嘔！不！」 邦妮尖叫。

「我最討厭蜘蛛！」

「我知道！」女士粗聲說道。「我徹底調查過妳！」

她高舉有毒的小動物，在她眼前晃來晃去。

「住手！住手！」

邦妮哀求。「不管妳說什麼我都照辦！什麼都照辦！」

「那就過去坐在

頑皮台階！」

　　邦妮恨不得插翅飛過去。她狠狠推開父母，一屁股坐在頑皮台階上。雖然沒有人要求，邦妮主動交疊雙臂，挺直上半身，以便給大家一個好印象：她其實是全世界最棒的孩子。[15]

　　「看到沒有，小姑娘？」**神奇保姆**咆哮。「沒有那麼難，對不對？」

　　她把蜘蛛放回口袋。

　　「然後呢？」邦妮問道。

　　「我不要聽到妳發出一點聲音，至少一個小時。**一點聲音都不可以有！**妳聽懂了嗎？」

　　邦妮點頭，她下定決心，絕對不發出任何一點聲音。

　　班吉倚著樓上的欄杆，朝樓下鬆開溜溜球，打中姊姊的頭。

咚！

　　「噢！」她痛喊。

　　「我說一聲都不能出！」**神奇保姆**再次強調。「從現在開始，小少爺班吉‧邦尼頓，我要把主管權**交給你！**」

　　男孩面露微笑。

....

15　《全世界最棒的孩子》一定是一本非常無聊的書。

跋扈的邦妮

他這輩子就等這一刻。

「邦尼頓先生和太太，我需要私下跟你們談談，請跟我去起居室！**快！不要磨蹭！快走！**」

夫妻倆聽命照辦，儘可能快步跟上女士，走出門外。哎呀！我說，這位女士可是說到做到！

溜溜球又甩下來。

再一次。**咚！**

咚！

又一次！

咚！

事實上，在一小時內，溜溜球總共打中邦妮的頭**幾百次**。女孩即使發出最微弱的聲音，起居室都會傳來怒吼：

「一聲都不能出！」

時間終於到了，邦妮的父母帶著笑容返回走道。神奇保姆幫他們想了一大堆嚇人主意，即使女兒哪天習慣**狼蛛**，也還有其他替代方案，不愁女兒還敢跋扈囂張地對待他們。當中任何一項都可以讓邦妮收斂，不敢再作威作福。

「妳要我把妳的吹風機埋在花園裡？」

「不！」

「洗澡水放好了！放滿一大缸最綠最黏的鼻涕。」

「不不！」

「妳今天的晚餐不能加番茄醬。」

「不不不！」

「我以為妳喜歡喝茶配生蕪菁。」

「不不不不！」

「上床睡覺前，我為妳準備了一部很好看的電影。劇情是夜裡吸血鬼在小孩窗外叩叩叩地敲窗子。希望妳不會做惡夢！叩叩叩！那是什麼聲音？」

跋扈的邦妮

「不不不不不！」

「我認為這個禮拜妳可以自己把羽絨被
裝進被套裡。」

「不不不不不不！」

「那是什麼味道？我把妳所有的衣服都用貓尿洗好
了，這樣一來，妳走到哪裡全校都會知道。」

「不不不不不不不！」

「我們趁妳出門時換了房間，現在妳小弟
有最大的臥室了。」

「不不不不不不不不！」

「我以為妳希望把零用錢捐給比妳更
不幸的孩子。」

「不不不不不不不不不！」

最可怕的一招來了……

「針對那件事我們談過了，雖然
我們知道這個年紀的小孩人人都有手
機，但我們還是決定妳生日時不要送
妳手機。事實上，我們認為妳應該
等到至少四十歲再擁有手機！」

「不不不不不不不不不！」

鬧哄哄
糟糕壞小孩

　　一天結束後，**神奇保姆**離開邦尼頓家，臨別送了他們非常特別的禮物。

　　「好的，我在這裡的工作已經完成！**神奇保姆**再次勝利！哈！哈！現在，我想可以把這隻可愛、毛茸茸的小**狼蛛**留下，牠需要一戶好人家。」她回頭看看邦妮，只見她一臉 **驚嚇**。

　　班吉一聲不響，張開雙手，女士把蜘蛛遞給他。邦妮看見小弟輕撫那隻小動物，不禁發出無聲的**尖叫**。

　　「這是我的名片。」神奇保姆說道，轉身準備離去。「有需要的話，上面有我的連絡方式。再見，邦妮，認識妳實在是……**太棒了。**」她嘻嘻笑著，她又贏了一次。

神奇保姆

神奇保姆的
神奇國度WN100

現在就打電話！

『調皮搗蛋的小孩最好密切注意，*神奇保姆*管定你！』

　　女士和攝影團隊離去，大門一關上，班吉立刻宣佈：「我**愛**蜘蛛。」

　　父母激動得不得了，兒子終於說出生平**第一句話**，在十歲這一年。

　　「事實上，我太愛蜘蛛了，這隻致命的**狼蛛**可以留在我房間，除非妳喜歡跟牠抱在一起，邦妮？」

　　「不不不不不，再一個**不！**」女孩厲聲說道。「班吉，你真的愛蜘蛛？」

　　「對！」男孩歡快地答道。「牠們是我的最愛。」

　　女孩面如死灰。「每天晚上把蜘蛛放在我床上的不會是你吧？對不對，班吉？**班吉？**」

　　男孩冷靜依舊。「唔，我最好把跋扈放回床上。」他應道，很有技巧地迴避問題。

　　「**跋扈？**」女孩嗤之以鼻。「蜘蛛怎麼取這種名字？」

　　「我是按照**妳**的習性來為牠命名的。晚安！」

鬧哄哄
糟糕壞小孩

　　一個星期後，**神奇保姆**播出邦妮的單元，全家一起坐在沙發上收看。這種事還是頭一遭。以前都是邦妮一個人躺在沙發上，另外三人被迫坐在地上。父母和班吉在全國連播電視頻道上看見邦妮遭到應得的懲罰，全都大笑起來。

「哈！哈！哈！」
只有邦妮一臉怒容。

　　神奇保姆面對鏡頭，舉出一個實例做為本集結尾。「了解孩子最怕的**惡夢**是節制他們不良行為的關鍵，正如我們對付惡劣的小邦妮・邦尼頓所用的方法。只要讓她受到被致命毒蜘蛛咬死的威脅，她就會乖得像小貓一樣。人都有害怕的事物。信不信由你，我最怕的不是蜘蛛，而是

跋扈的邦妮

起司！沒錯，我實在受不了那個味道，聞到就超想吐。晚安！」

邦妮的小腦袋瓜靈光一閃。

叮！

邦妮現在一心一意想要復仇。

她要給那個可怕的**神奇保姆**永難忘懷的教訓。她立刻開始囤積**起司**，愈臭的愈好。不只是一般的**起司**，還有從同學的三明治蒐集來的，或是從超市垃圾桶裡撿來的。不妙，邦妮竟然連腳踩的**起司** [16] 也要。

邦妮把所有寶貝起司都藏在花園盡頭的棚屋，才不會引起別人懷疑。

臭到爆

16　腳踩的起司臭到爆，連法國人都不吃。

鬧哄哄
糟糕壞小孩

邦妮看見那位女士的影子在屋裡走動。她悄悄走過去，卻發現所有門窗都上鎖了。

「**可惡！**」邦妮自言自語。然而，車道上正好停著**神奇保姆**嶄新的賓利汽車。邦妮的運氣真好，其中一面車窗開了一條小縫，邦妮便將起司從那條縫塞進去。女孩忙了整夜，惡臭的**起司**堆在汽車裡，已經滿到方向盤的高度。手推車上的所有東西全塞進車裡，必須花上好幾個小時，但邦妮總算拚命達成了。

女孩完工後躲在樹叢後方等待，破曉時分，半夢半醒的**神奇保姆**搖搖晃晃走向車子，看也沒看就坐進去，卻發現全身從腋下到腳都泡在起司裡。

跋扈的邦妮

「啊！」女士尖叫。

邦妮從藏身處跳出來，再跳到賓利的引擎蓋上。

咚！

「抱歉，**神奇保姆**，妳上次是說妳喜歡還是不喜歡**起司？**」女孩叫道。

「**邦妮！**」女士叫道。但她還來不及說出下一個字，她的臉就變成非常可怕的綠色。接著，她說過的話應驗了，她真的吐了，整片擋風玻璃都被噴上腐敗惡臭的黃色液體。

「嘔！」 **嘩啦！**

邦妮嘻嘻笑起來。

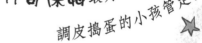
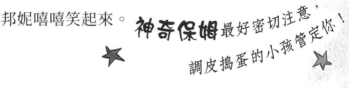
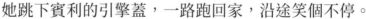
神奇保姆最好密切注意，調皮搗蛋的小孩管定你！

她跳下賓利的引擎蓋，一路跑回家，沿途笑個不停。

但她也笑不了多久。那天晚上，**神奇保姆**將一個大包裹寄到邦尼頓家，表面有「易碎物品」的字樣。父母打開時，看見一整箱成千上百的致命蜘蛛。標籤寫著：

> 為管家婆找來
> 一些朋友。好好享受！
> 愛妳的，神奇保姆 X

蜘蛛實在太多了，班吉顧不來，因此，他非常**好心地**讓大約一百隻蜘蛛晚上和親愛的姊姊抱在一起睡覺。

 「啊！」

尖酸刻薄的
華特

　　從外觀上來說，華特不太可能是惡霸。在他這個年齡看來，他的身高異常地矮，臉上戴著黑框眼鏡，總是繫著豔麗的蝴蝶領結，穿著整潔的黃黑相間西裝上衣。華特從來沒有打過任何一個人——而是以侮辱來傷害別人。

尖酸刻薄的華特

　　他的舌頭就像黃蜂的針，可以狠狠地刺人。這個男孩十分擅長給別人取各種難聽綽號。

　　他的西班牙文老師加理是禿頭，華特便叫他「**加理禿子**」。

　　一位留著鬍鬚的老師自然而然被稱作「**地精**」。

　　對於身材臃腫的汀克老師，他取的綽號是「**坦克老師**」。

　　藝術老師的耳朵鬆軟下垂，被他稱作「**耳翅**」。

　　毛髮又長又多的體育老師被他封為「**穴居人**」。

　　春特醫生每次彎腰撿筆都會放屁，於是變成「**放屁醫生**」。

　　梅老師管不動班上秩序，就成了「**沒用老師**」。

　　手臂很長的圖書館員成了「**猩猩**」。

　　他把汗流浹背的科學主任稱為「**水池**」，因為主任的腋下永遠溼一大片。

鬧哄哄
糟糕壞小孩

工藝老師芬普從事木工操作時曾意外鋸斷一根手指，於是成了**「斷指芬普」**。

華特很聰明，任何事都有自己獨特的應對方式。這個習慣激怒了老師們。

數學老師問他：「如果我一隻手有六個蘋果，另一隻手有七個，那表示我有什麼？」……

「一雙大手。」華特故意慢吞吞地說，一副要死不活的樣子。

當老師問道：「為什麼從來沒有人要回答我的問題？」華特就會諷刺：「你是老師——我比較希望你會知道答案。」

一天早上，女校長問道：「華特，你為什麼遲到？」

男孩回答：「我只不過是遵照交通標誌的規定。」

「什麼標誌，孩子？」

「前有學校，慢行。」

慢行

尖酸刻薄的華特

「你聽力有障礙嗎？」另一個老師問道。

「沒有，老師，我只是對**聽話**有障礙。」華特翻個白眼說道。

「如果五個人各給你五千英鎊，你會得到什麼？」

「上私立學校。」華特粗聲說道。

「華特！你為什麼在地上寫九九乘法？」

「老師，那是因為你不准我用桌子。」[17]

「華特！你的練習本呢？」

「老師，我放在家裡。」

「放在家裡做什麼？」

「讓它過比我好太多的生活。」

「華特，公分要如何換算成公尺？」

「把『分』和『尺』兩個字對調就可以了。**輕輕鬆鬆，簡簡單單！**」

「如果你將玻片放在顯微鏡下，卻看不到任何東西，可能是出了什麼問題，華特？」

「說不定是你**瞎了？**」

17　table 在英文中同時有桌子和乘法表兩個意思，老師原本的意思是不可以一邊看乘法表一邊寫乘法作業。

鬧哄哄
糟糕壞小孩

「老師，很遺憾告訴您，**狗**把我的作業吃掉了。」華特聲稱。

「你以為我會相信這種事？」老師大吼。「你的**狗**為什麼會吃掉作業？」

「說不定是因為我在上面塗了**狗食⋯⋯？**」

這就是華特邪惡聰明的腦袋具備的強大本領，不久全校每個人都被他羞辱過了。有一天，女校長康蔻看見華特正在惡整一個鼻子超大的小男生。

「羅傑？」華特粗聲說道。

「又怎麼了，華特？」

「你走路時，鼻子是不是永遠比身體**早五分鐘到？**」

「華特！你在這裡！」女校長打斷他，只見她穿著最愛的紫色洋裝。

尖酸刻薄的華特

「康蔻校長，您為什麼穿得像花街巧克力鐵盒上面印的人？」

「華特，我和老師們談過了，我們希望你加入**年度惡霸**的競賽。」

「請告訴我細節⋯⋯」華特答道。他想到自己的殘酷竟然能得獎，眼睛都亮了。

「年度**惡霸競賽**是一項長達數百年的傳統。」康蔻校長說。「許多全球最壞的孩子從世界各地前來參賽。」

這些孩子都夢想成為**年度惡霸**的霸主，獲勝者將得到純金小雕像，造型是一個惡霸對小小孩進行長褲飛蛋。 [18]

比賽跟奧運的模式很像，每年由不同國家主辦，場地一律是大型露天運動場，現場將有大量喝倒彩的觀眾。評審團將根據參賽者多項競賽的表現評分。

18　長褲飛蛋是惡霸從後面抓住受害者的長褲，把對方拎起來的一種霸凌手段，更殘酷的則是內褲飛蛋。哎唷，好痛！

比賽項目包括：

取綽號（這是華特的拿手絕活）

對著別人的臉放屁

扯頭髮

拉耳朵

重重踩人

用力擰手臂

馬桶洗禮（這是惡霸最愛的招數：
抓住受害者的腳踝，把對方頭下腳上地
丟進馬桶，按下沖水鈕。）

搔癢直到對方有一點點尿失禁

彈鼻屎

丟書本

打頭（這是一種
用巴掌打人額頭的老手法）

多年來陸續出現許多赫赫有名的獲勝者，他
們都是霸凌界的傳奇人物。

誰會忘記迫害者奧力給？他於一九〇五年獲得第一屆
年度惡霸冠軍。

尖酸刻薄的華特

奧力給來自西伯利亞，在全俄羅斯數百萬名兒童心中埋下深深的恐懼。那年他只有十二歲，但已經留了一把又濃又密的鬍子。他會抓住受害者的雙腳，把他們拎起來轉個不停，再將他們**拋飛**到老遠的地方，有時候受害者被丟到好幾英里外。

「遇到我奧力給，你就要飛過半空中。」

「啊！」

幾年後，雕像改為威嚇者英格麗德。她來自遙遠的瑞典，擅長製造人類所知最大的雪球，比多數雪人都還要**大**。

英格麗德力大無窮，可以用超快速度將雪球丟出去，

還能輕易砸中一英里外的小孩，

讓對方痛到昏倒。

「噢！」

「謝了，謝了！救護車應該一、兩小時會到。」

榮登**年度惡霸**名人堂的還有恐怖份子高見。高見來自日本，是一位技術高超的相撲選手。當時他只有十歲，每天卻能吃下一噸生魚片。因此，他比那些成人對手都要龐大，**體重更重**。他會坐在受害者身上，直到他們臉色發青。

「投不投降？」

「啊！」

重擊者汪汪來自日本隔壁的中國。汪汪大概只有三呎高，卻是武功高手。她的招牌動作是超高速揮舞兩根竹棍，然後**重擊**別人的屁股。

「看招！還有**這一招**！還有**再一招**！」

「痛！痛痛！痛痛痛痛痛！」

尖酸刻薄的華特

　　許多年後，**年度惡霸**競賽由西班牙男孩折磨者多羅勝出。多羅幻想自己是**冠軍鬥牛士**，在學校操場用鬥牛士折磨公牛的那些招數折磨同學。他會先朝他們舞動紅色斗篷，等到他們出現觀眾最不樂見的逃跑意圖時，便跳上他們的背。

　　「跑啊，小牛！快跑！」

　　　「噢！你太重了！」

　　去年的贏家是回力飛鏢男孩隆隆。你可能會以為他名叫隆隆就一定很會丟回力飛鏢。並沒有，他只是有一根又大又重的回力飛鏢，用來打受害者的頭。

　　　「噢！別這樣！」

　　　「隆隆覺得這樣很有趣。」

　　　「才怪！」
　　　「隆隆就是這樣覺得。」

鬧哄哄
糟糕壞小孩

　　華特要離開學校一星期，很難說究竟誰比較快樂，是華特還是全校師生。他們很高興能擺脫他。於是，華特搭機前往巴西的里約，代表大不列顛參加**年度惡霸**競賽。

　　華特有兩位主要競爭對手。

　　第一位是**痛揍者桑波。**她是擁有超大**雙手**和**雙腳**的美國女孩，她的拳頭有足球那麼大。由於桑波的手臂長得不得了，在操場掄起拳頭**痛揍**別人時，

通常都會

連帶打昏旁邊

十二個小孩。

她的手動得超級**無敵快**，
　桑波開啟全力**痛揍**模式時，
兩隻手會快到變成一團**模糊**。
　桑波的痛揍可以說是**殘酷無情**。

鬧哄哄
糟糕壞小孩

任何人事時地物都能讓她啟動瘋狂**痛揍**模式：當她認為有人以**「怪異的眼神」**看她時……

發現有人正在**讀書**，這意味著他們是「活該被狠狠**痛揍**一頓」的「用功學生」……

名叫**科林**的男生或**科琳**的女生，尤其是女生……

養倉鼠的小孩……

沒有養倉鼠的小孩……

在距離她半徑一百公尺內**打噴嚏**的人……

戴眼鏡的男生……

長痘子的人……

用髮圈綁頭髮的女生，儘管桑波自己也用……

便當盒裝著臭臭的**雞蛋三明治**的同學……

科幻小說迷……

下西洋棋的人……

表明對**打羽毛球**有興趣的人，哪怕只有一點點喜歡……

尖酸刻薄的華特

第二位對手來自法國。皮耶以超級嚇人的口臭聞名。他很喜歡吃最臭的法國起司，然後拚命對受害者打嗝，這會害得他們：

昏倒……
大哭……
嘔吐……
飛奔……

當場脫下全身衣服，把它們**全燒光**……

跳進湖裡，試圖**洗掉惡臭**……

搬去**紐西蘭**……

把自己鎖進漆黑的房間，

十年不出來……

跳進**羊用的消毒池**……

親自走一趟

自動洗車流程……

華特每場比賽都表現良好，他很快發現自己已進入前三名總決賽，對手**是桑波和皮耶**。現在只剩下少數幾個項目可以決定誰是本屆**年度惡霸**冠軍。

第一項是「把老師惹哭」。華特、桑波和皮耶在起跑線各自就位，大運動場裡有數千名觀眾喝倒彩。身為惡霸，他們欣然接受這些噓聲，甚至對觀眾微笑並揮手。他們知

尖酸刻薄的華特

道自己討人厭，但他們**好喜歡被討厭**。

「噓噓噓噓噓噓噓噓噓！」

有位老師坐在前方的桌子後面，這位極其害羞的地理老師名叫科伊，他正在安安靜靜地打分數。

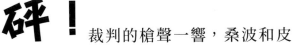

鬧哄哄
糟糕壞小孩

砰！ 裁判的槍聲一響，桑波和皮
耶便衝向老師。華特則慢慢晃過
去，好像他有的是時間。華特
還來不及說話，皮耶也來不及
打嗝，桑波已經一拳朝桌子**捶**
下去…… **砰！**

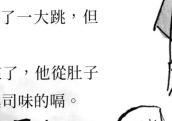

……所有紙張在空中翻飛，
她的力道太猛，桌面留下一個大大的拳頭
凹痕。可憐的老師嚇了一大跳，但
他沒哭。

皮耶的機會來了，他從肚子
深處擠出帶著臭起司味的嗝。

「嗝嗝嗝嗝嗝！」

一團綠霧衝著老師的臉炸開，他
一陣嗆咳加噴口水，眼睛蒙上一層水氣。
裁判定睛察看這是不是代表皮耶獲勝。

「我**沒有**哭。」科伊氣急敗壞地說。
「只是眼睛有東西。」

尖酸刻薄的華特

現在輪到華特大開殺戒。

「您是地理老師？」他粗聲問道。

「有——有——有什麼事嗎？」老師答道。

「要是你也會迷路……那就太好了！」

整個運動場變得寂靜無聲。

可憐的科伊老師心靈受創。一滴淚水湧上他的眼睛，沿著臉頰滑落。

現場工作人員見狀，便用大聲公宣佈：

「華特獲勝！」

全場觀眾一致鼓譟。

「噓！」

華特綻出洋洋得意的笑容，拉拉蝴蝶領結，微微鞠躬。這個舉動讓大家更大聲喝倒彩。

「噓噓噓！」

鬧哄哄
糟糕壞小孩

下一個比賽項目是「折磨食堂歐巴桑」。經評審團判定，以最卑鄙的手段折磨這位可憐歐巴桑的參賽者將成為贏家。惡霸想怎麼折磨她都可以，只要是**卑鄙下流**的手段就行了。

一位名叫絲珮特的食堂歐巴桑站在餐台後方，供應幾種根本不能吃的學校伙食。煮熟的高麗菜已經變成**黏糊糊的一團東西**，絞肉已經發霉，奶油水果海綿蛋糕擺到壞掉，有種**嘶嘶聲**，最上層的奶油和果凍宛如岩漿一般冒著**泡泡**。絲珮特太太習慣把食物弄得很可怕，學生寧可直接倒進馬桶沖掉也不願吃下肚。

砰！

槍聲一響，食堂歐巴桑扮個鬼臉，拿起沈重的金屬勺，她很喜歡拿它來敲學生的指節。

折磨食堂
歐巴桑

尖酸刻薄的華特

華特清清喉嚨，開口說話。「絲珮特這個名字就等於呸——」

「不用白費唇舌了，親愛的！」她厲聲說道。「這種老招我早就**統統聽過了。**」

觀眾為食堂歐巴桑喝采，她高舉勺子慶祝勝利。皮耶趁機直接把法國起司的味道噴在她臉上。

「**嗝！**」

看來這個嗝可能會把她臭暈，但臭氣鑽進她的鼻子時，絲珮特太太竟然**微微一笑。**

「聞起來很像我做的美味起司派！**哈！哈！**」她大笑。

觀眾激昂地贊同。

現在只剩下桑波還沒有出招。這位美國來的強大參賽者伸出一隻手，往餐台重重**一捶。**盤子全飛上半空中，再掉到地上。

　　裝奶油水果海綿蛋糕的碗也飛起來，這道活像岩漿的甜點正巧砸中絲珮特太太的臉。

「**啊！**」她尖叫。

　　「那上面的水果已經爛到把我的皮膚腐蝕掉了！」

　　女士拉高裙子，奔過運動場，被等在現場的幾位消防員噴水。水管射出強勁的水柱，把絲珮特太太沖到半空中，不過她很高興可以被一位帥氣消防員接住。

尖酸刻薄的華特

一旁的桑波高興地看著這一切,觀眾全對她喝倒彩。

「噓!」

身為惡霸的桑波當然欣然接受觀眾的噓聲。

接下來進行最後一項競賽——「偷走小小孩的零用錢」。成功把硬幣裝進口袋裡的惡霸就是贏家。

一個**小小孩**走進大運動場,全場觀眾為他高聲歡呼。他名叫奧圖,看起來不超過六歲。他手上高舉著一枚金幣,不久小心翼翼地將它放進口袋。
工作人員領著他就定位,
評審都在一旁熱切
地看著。

偷走小小孩
的零用錢

鬧哄哄
糟糕壞小孩

三位第一流惡霸站在起跑線，一臉自命不凡的表情。

「這一關**很容易。**」桑波說。

輕輕鬆鬆，簡簡單單！」華特附和。

「只要打一個充滿**起司味**的嗝，那個金幣就是我的了！」皮耶宣稱。

砰！

槍聲響起，三位惡霸立刻包圍小奧圖。

桑波一句話也沒說，抓起小男孩的腳踝，開始用力搖他，想要讓硬幣從口袋掉出來。

「把你的零用錢給我！」她命令。

「不要。」奧圖堅定拒絕。

「那我要**痛揍**你一頓！」她大叫，抓著他一隻腳踝，大手緊緊握成拳頭。

「我先揍妳，妳就揍不到我了！」男孩道。他握緊拳頭，桑波立刻嚇得放開他。

尖酸刻薄的華特

「不要打臉！不要打臉！」
她尖叫，躲到華特身後，儘管
她比他的塊頭大兩倍。

全運動場的觀眾都為小男
孩拍手叫好。

「萬歲！」

奧圖自己爬起來，換皮耶
上場大開殺戒。他深吸一口氣，
但還沒來得及把氣吐出來，奧
圖已經合起雙掌呈杯狀，對著
裡面放屁……

噗！

……再讓它朝皮耶的方向**飄風**去。

飄！

皮耶的臉頓時變成腐敗的綠色。

「不！不！不！」

他大喊大叫。

「我快要⋯⋯你們是怎麼說的⋯⋯吐？」他真的吐了，
還吐得桑波全身都是。

嘔嘔嘔嘔嘔！

「噁！」女孩叫道。

觀眾再次為勇敢的小奧圖
歡聲雷動。

「萬歲！」

現在輪到華特了。他該說什麼才能把這個小毛頭跟零
用錢分開？

「你還這麼小，一定已經想好拿獎時要擺什麼姿勢！」
他竊笑。「哈！哈！馬上把你的零用錢給我，否則我就要
讓這裡的每個人一起笑**你！**」

「拿去！」奧圖說著，把硬幣從口袋掏出來。

觀眾都驚呆了。這個小朋友在打什麼主
意？華特轉頭面對觀眾，朝奧圖伸出手。

他贏了，至少他是這麼認為。

觀眾對華特喝倒彩。

「噓！」

尖酸刻薄的華特

　　趁華特沒在看，奧圖在硬幣的某一面塗了一點**強力膠**。接下來，趁華特回頭接硬幣的一瞬間，奧圖將硬幣黏在這位惡霸的鼻尖。華特目睹這一切，嚇得變成**鬥雞眼。**

　　他立刻嘗試把硬幣拿下來。

　　他先是**拉一拉。**

　　接著**用力拉。**

　　最後**死命拉。**

　　但是，不管他再怎麼用力，硬幣就是不動。

　　「不用擔心。」奧圖說。「大家會覺得你只不過是鼻子有一個超大圖釘。」

鬧哄哄
糟糕壞小孩

「**哈！哈！哈！**」觀眾對華特大叫大笑，他們愛死這一招了。全世界從來沒有見過像這樣的**年度惡霸**總決賽。至於華特，他淚如泉湧。

「**嗚！**

呼！

呼！**」**

尖酸刻薄的華特

　　奧圖禁不住微微一笑。這個小男孩以其人之道，還治其人之身，出乎意料的是，那幾個傢伙連一丁點也禁不起。

　　工作人員將獎盃頒給奧圖。小男孩大聲唸出上面的題字：「**年度惡霸？**」

　　他把獎盃高舉過頭⋯⋯

「**不用了，謝謝你！**」

　　⋯⋯然後用盡全力把它往地上一砸，讓它**碎成一百萬片**。

哐啷！

鏘鏘！　　　　　**鏘鏘！**

哐噹！

砸完後，奧圖慢慢走出運動場。每位觀眾都起立為小男孩鼓掌並歡呼。

「萬歲！」

把獎盃碎片扔進垃圾箱，那當然是霸凌最好的歸屬。

功夫
凱莉

　　凱莉是個熱愛重重**擊打**別人的女孩。隨便亂打人保證可以讓你在全世界最糟糕的小孩一書中佔有一席之地。

　　女孩整天都在玩打爆敵人的電腦遊戲及觀賞**功夫**電影。她勤奮地學習所有招式，對著臥室鏡子練習。

功夫凱莉

凱莉並未接受正式的武術訓練，但這不能阻止她穿白色睡衣，把黑襪子綁在頭上，走到哪裡都光著腳。

凱莉很快就跟學校裡　　　　三個最強的男生單挑。

一記飛劈就足以讓畢基尖叫求饒。

「咿呀！」

凱莉喊道。

「不！」

一記筋斗踢就可以終結　　普洛波光輝燦爛的霸凌生涯。

「救命！」

「咿呀！」

朝龐哥鼻子一戳，就可以把他
變成碎唸抱怨的可憐蟲。

「咿呀！」

噢！好痛！我要媽咪！」
「你們現在都要臣服於我──
功夫凱莉的腳下！」她打敗三人
後，在操場宣佈。

接下來，她把武功招式拿去對付老師。

特維格老師在她的地理考卷
打了不及格，**功夫凱莉**縱身跳
下櫃子……

……朝他的肋骨來一記
飛劈。

「啊！」老師痛喊，
立刻把凱莉的成績改
成**一百分**。

「咿呀！」

功夫凱莉

女孩的數學老師普琳普蘭再也不會要求學生寫作業，上次她這麼做，**功夫凱莉**對她使出一記迴旋踢，把她的一疊工作表單踢上半空中。

「咿呀！」

「不！」

普琳普蘭老師驚叫，拚命追著表單。

「我寶貴的寶貝們！」

食堂歐巴桑孟太太給凱莉的薯條不夠她吃，凱莉是真的真的好愛吃薯條。於是孟太太被凱莉丟到送餐推車上，急速滑過整個食堂。

「咿呀！」

「再再再再再再見見見見見見！」

鬧哄哄
糟糕壞小孩

凱莉的家人也躲不過她的**功夫**。

爺爺想看撞球比賽，不想看卡通，凱莉宣佈：「泰德爺爺，準備迎接你的死期吧！」

啪！

「哎唷！遙控器拿去！」

另一個晚上，凱莉的母親正在大嚼一盒最愛吃的巧克力，而且拒絕分享。

「母親！臣服在我強大的功力之下吧，我是天之驕子！把那顆**胡桃捲巧克力**給我！」

「休想！」

飛踢！

「啊！凱莉！

妳這個可怕的女孩！

我的巧克力撒得到處都是！」

功夫凱莉

家裡養的貓原本自得其樂，蜷縮在扶手椅上，但凱莉要坐。

「看招，小玩意！」

「喵喵喵喵喵喵喵喵喵喵喵喵喵！」

砰！

貓連聲叫著，急忙跳離原位，差一點就被她的**功夫飛劈**砍中。

沒有人能倖免於難，就連陌生人也一樣。**功夫凱莉**在多羅普小鎮迅速出名，她絕對算得上本鎮有史以來最糟糕的小孩。她是一人犯罪集團，凡走過必留下痛苦和毀滅。當地警察沙德手上有三百一十七個「功夫案件」。

鬧哄哄
糟糕壞小孩

凱莉登上當地《多羅普公報》的頭版數百次。

《多羅普公報》
腳趾骨折
功夫凱莉為了番茄醬
跟小販起爭執並
踢翻漢堡車，
造成腳趾骨折

《多羅普公報》
掉到結婚
蛋糕上
功夫討厭鬼欲入場
遭到拒絕，直接撞
破高爾夫俱樂部的
窗戶

《多羅普公報》
功夫凱莉飛過
本 地
圖書館

被反應超快的
圖書館員拿
《魔戒》精裝本
打下來

《多羅普公報》
女孩對牧師
施展功夫飛劈
由於感到無聊，
便在小妹的洗禮儀式上
施暴——
最後掉進洗禮池

《多羅普公報》

功夫凱莉被人
發現在池塘
攻擊吵鬧的野鴨
行為實在惡劣

中國商店被毀
指出罪魁禍首沒有獎勵

就是凱莉！

《多羅普公報》

棒棒糖女士
被自己的棒棒糖棍打屁股
穿睡衣、頭綁襪子
的光腳女孩被目擊
逃離現場

《多羅...

功夫女孩盛怒之下
攻擊郵筒
功夫凱莉
一踢未中，
仰天摔倒
郵筒贏了！

《多羅普公報》

價值連城
畫作被毀
功夫凱莉參加校外教學
時一腳把它踢破！凱莉
每週一鎊的零用錢被凍
結。母親說：「她得花
上幾千年才賠得完。」

發顫的手
廣場的石雕被發現
有極細的裂痕，功
夫凱莉上醫院治療
發顫的手

鬧哄哄
糟糕壞小孩

這種情況該適可而止了。有一天，女鎮長普朗克在鎮公所召開全鎮緊急會議。

全鎮鎮民都出席會議，現場空間有限，僅能容許大家站著。每個人都挨過這女孩雙手（以及雙腳）的攻擊，一心希望結束**功夫凱莉**的恐怖行動。

> 多羅普鎮公所
> 今晚八點舉行
> 鎮民大會
> 地點位於鎮公所
> 奉普朗克鎮長指示
> 討論功夫凱莉一事
> 帶蛋糕出席 ★
> ★ 最好是巧克力口味

「多羅普的優良鎮民們，我在這裡**懇求**各位，同心協力阻止這個一人**功夫犯罪集團**！」鎮長叫道。

全場情緒沸騰，大家的怒氣**瞬間爆發**。

「把她向後拖過荊豆刺叢！」當地花匠叫道，凱莉拿他整個倉庫的花練習劈砍，把所有庫存毀了。

逐出！

功夫凱莉

「把那個女巫綁在木樁上燒死！」

一位名叫托葛的小老太太吼道，她在麵包店為了跟凱莉搶最後一個甜甜圈大打出手，結果被一招功夫踢飛出去，頭下腳上落在**香蕉奶油派**上。這是去年發生的事，她身上到現在還散發香蕉味。

「把她綁在木樁上燒死？」牧師高聲說道。「女人，我說妳是不是瘋得太徹底了？現在可是二十一世紀！」

「抱歉，牧師。」托葛老太太喃喃說道，覺得有點羞愧。

牧師接著說：

「那個女孩必須被吊起來

扔進水裡淹死再五馬分屍！」

全場爆出狂野熱烈的歡呼。

「沒錯！」

鬧哄哄
糟糕壞小孩

在**海嘯**般憤怒的聲浪中，一個聲音異軍突起。

「拜託！幫幫忙！吊起來、淹死和五馬分屍都已過時！」當地報刊經銷商拉吉呼籲大家理智，這是很罕見的情況，但大家聽到的確實是他的聲音。鎮公所迴盪的陣陣喧鬧聲終於安靜下來。

「謝謝，多羅普鎮民。我們在這裡討論的是一位**十歲**女孩！她同時也是我最棒的客戶之一，我可禁不起失去這筆生意！」

「哦，原來你在乎的是這個！」托葛老太太叫道。

「燒死她，再吊起來，然後拖行，最後把她五馬分屍！」

「沒錯！」群眾高呼。

「不！」拉吉叫道。「功『呼』凱莉只需要受到一次教訓就夠了！」

功夫凱莉

「要怎麼做？」鎮長問道。

「對啊，怎麼做？」群眾低聲說道。

「在她**自己的遊戲裡**打敗這個小壞蛋！聽我說，多羅普的優秀鎮民，我是個愛好和平的人，就算逮到蒼蠅入店行竊，也還是不忍心傷害牠。這裡有沒有人會**功『呼』**？」

鎮民茫然地你看我我看你。

「我很會**編織**。」托葛老太太宣稱。

「我對**摺紙**略有涉獵。」普琳普蘭老師說。

「我吃過一次**壽司**。」沙德警察尖聲說道。「但我不愛吃，這個算不算？」

群眾紛紛表示不以為然。拉吉見狀便說：「要是我們當中有一位也接受訓練，成為**功『呼』**大師，那麼，至少有個人可以**阻止**這個女孩！」

「要找誰？」

普朗克鎮長問道。

鬧哄哄
糟糕蛋小孩

「也許大家可以**抽吸管**決定！」拉吉說。「我從店裡拿了一包過來。」報刊經銷商說著，真的拿出一包慘兮兮的吸管。

「這包被一隻狗咬過，已經不能用來吸飲料，我現在特別拿出來供大家使用。雖然功能已經喪失，上面其實還保有**薄荷味**，要是大家願意掏出少少的五便士，那——」

「沒有時間在這裡廢話連篇又搞那麼多麻煩事，拉吉！」普朗克鎮長宣稱。「就你了！」

「我怎樣？」拉吉問道。

「學**功夫**啊！」

鎮公所頓時歡聲雷動。

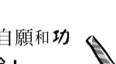

「可——可——可是我不會**功『呼』**！」他抗議。不用說，這位報刊經銷商抵死不從。

「那就這樣說定了！」鎮長宣佈。「拉吉自願和**功夫凱莉**較量，我們為拉吉歡呼三聲。**嘿！哈！**」

「不好意思，我——」拉吉插嘴。

群眾假裝沒聽見。

「萬歲！」

功夫凱莉

「嘿！哈！」鎮長繼續歡呼。

「我又沒有說——」

「嘿！哈！」

「萬歲！」

「我真的覺得我沒辦法——」

「萬歲！」

「最後一次求好運！」

「拜託！」

「萬歲！」

多羅普的優良鎮民魚貫走出鎮公所，不忘拍拍報刊經銷商的背。

「幹得好，拉吉！」

「祝你好運，拉吉，你很需要**運氣！**」

「不用擔心，拉吉，我會去**醫院**探望你。」

可憐的報刊經銷商被獨自丟在鎮公所，苦苦思索他的命運。「唉啊，天哪！」他喃喃自語。

隔天早上，他只穿著無袖汗衫與內褲，在店裡開始練習。他在汗衫上面寫了一個大大的「拉」。

砰！

「我是 **超人拉吉！**」

他對自己說。這人決意不辜負鄉親的期望，全力投入訓練。

報刊經銷商以一記**迴旋踢**攻擊一大包棉花糖，粉紅色與白色鬆軟糖球撒了一地。

乓！

他把娃娃軟糖擺在椅子上，從後面偷偷接近，然後伸指把它**彈飛**。

他一巴掌重重打向橘形巧克力，瞬間把它**打破**。

喀啪！

他三兩下把整顆橘形巧克力吞下肚。
卡滋。卡滋。卡滋。
「嗯，天天五蔬果，這是其中一種。」他喃喃說道。

他把一根焦糖巧克力棒以兩粒感恩節蛋支撐，**然後用空手道輕鬆將它劈成兩半。**

他用**頭撞**家庭號洋芋片。這包洋芋片已經過期十年，變得超不新鮮又硬。

「噢！」

他**頭頂**玉米片盒子，單腳站立將近一秒鐘。

他坐在一塊葡萄酒口香糖上面……**把它壓得極扁。**口香糖沒有一絲生還的希望。

不幸的是，它到現在還**黏**在拉吉的屁股上，看起來像**扁掉**的蛞蝓。

他把一本《智力遊戲》雜誌**撕成兩半**，不久便用膠帶黏回去，他才可以賣給顧客。

利用**放屁**的威力把太妃糖沿著櫃台噴移，沒有伸手去碰。

他盤腿在店裡的地上**打坐**，儘可能不動。他忍了又忍，直到店裡亂飛的蒼蠅停在他的鼻子上。

或許他可以狠下心來傷害蒼蠅！拉吉的動作快如閃電，將捲成筒狀的《時尚》雜誌朝鼻子**狠狠一打**……

……結果把自己打昏了。

功夫凱莉

報刊經銷商的店門開啟，普朗克鎮長快步入內。

「拉吉！**拉吉？**」她大叫。

女士朝他呼巴掌，想把他打醒。

啪！啪！**啪！**

「**噢！**」拉吉痛喊。

「**很痛耶！**」

「你為什麼在店裡睡覺？還只穿四角褲？」她問道。
這個問題十分合理，商人只穿內褲販賣食品，感覺好像不
太衛生。

「我在進行成為 **超人拉吉！** 的特訓！」

「但你屁股上為什麼黏了一片扁扁的葡萄酒口香糖？」

「哦，那一定是為了等一下還要吃特別留的！」

拉吉把黏在褲子上的葡萄酒口香糖剝下來，遞給普朗
克鎮長。「要不要分妳**一半？**」

「**不了！我不吃！**」

鬧哄哄
糟糕壞小孩

報刊經銷商把這塊甜食拋進嘴裡，隨即苦著臉。

「噁，我想我可能不太喜歡這種像屁的新口味。嘔！好噁真噁有夠噁**噁爆了。**」拉吉把葡萄酒口香糖黏回屁股上。「好，有什麼我可以效勞的？來半根焦糖巧克力棒？還是一些**散落一地自己撿**棉花糖？還是用一陣香風微微薰過的太妃糖？」

「不、不、不了。拉吉，多羅普鎮民需要你。**功夫凱莉**正在廣場上，看到什麼就破壞什麼。」

拉吉的臉垮下來，滿滿寫著恐懼。「哦，不。」他喃喃自語。

「哦，對，那個女孩簡直無法無天！

她用**功夫**把一座流動廁所踢翻，有個工人正在裡面辦事。」

咿呀！

裡面那位可憐蟲

從頭到腳都被

泡在屎尿裡！

「哦，兩倍的不。」

「哦，**對**。後來，她的注意力轉向學校食堂歐巴桑，

孟太太現在正倒掛
在路燈上，
燈籠褲在風裡翻騰。」

「哦，**三倍的不**。」
「哦，**對**。後來，

小老太太托葛被

過肩摔，整個人飛出去，
現在**卡**在樹上！」

「噢，天啊。好吧，多謝妳過來，我得整理整理這些冰凍果露了，祝妳今天愉快！」

「**不，拉吉！**」普朗克鎮長屬聲說道。「你必須阻止功夫凱莉，就是現在。沙德警察正在盡最大努力，但他已經**擋不住她了**！」

鬧哄哄

糟糕壞小孩

就在這時，警察迎面**撞上**拉吉的櫥窗。

磅！

唔！

他的臉貼在玻璃上。

「真的非常不好意思。」沙德說。「我的屁股剛才被一招**功夫踢**命中，然後整個人飛出去。」

他滑下玻璃，流下一條口水的痕跡。

「那面玻璃需要清潔。」拉吉喃喃自語。

「我實在不想說，因為這意味著本鎮陷入**大麻煩**。可是，拉吉，你是我們唯一的希望。」普朗克鎮長宣稱。

拉吉大大吞了一口口水。接下來，他極度緩慢地走出去。

aT！

功夫凱莉

　　他看見前方出現頭號公敵：**功夫凱莉**。女孩站在被她霸佔的雙層公車上層，乘客正紛紛跳窗，試圖逃命。

　　「給我站住！」拉吉說道。

　　功夫凱莉轉身。「是誰說的？」

凱莉斜眼瞄他。「才怪，你只不過是穿著內衣褲的拉吉，汗衫上面還用簽字筆寫著『拉』！」

「不！我是拉吉宣稱。「決一死戰的時候到了，準備好

超人拉吉！

受死吧！」

女孩擺出戰鬥架式，她跨步站立，舉起雙手，雙眼微瞇，**準備迎戰。**

拉吉盯著小女孩，接著如預料般採取行動，但方式卻令人**意想不到。**

功夫凱莉大叫：「回來啊，

超人拉吉！

然後拔腿追他。

然而，拉吉不肯停步。
「門都沒有！」
女孩只好追上去。
拉吉回頭，看見功夫凱莉漸漸逼近，不由得驚恐不已。

拉

功夫凱莉微微一笑，彎腰鞠躬。「至少是個可敬的對手，很可惜，你的命運便是

徹徹底底、完完全全的

毀滅！」

他

忽然

開溜了。

拉

報刊經銷商邁開又粗又短還毛茸茸的雙腿，儘可能跑快一點。

但跑得還真的**不怎麼快。**

「哦，不！」拉吉叫道。
這位報刊經銷商根本沒看路，
就這樣一頭撞上一棵樹。

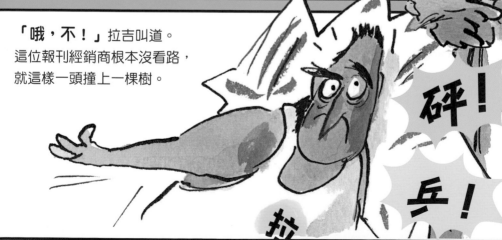

砰！

乒！

拉

鬧哄哄
糟糕壞小孩

拉吉撞得太猛，自己倒在地上**暈了過去**。樹木搖晃不止，先前被拋上樹的小老太太托葛從樹枝上跌下來。

「啊！」

托葛太太運氣好，但凱莉的運氣就差了，
托葛太太直接摔在
女孩
身上。

砰！

功夫凱莉

「真的非常抱歉。」托葛太太發現自己坐在凱莉的頭上，急忙道歉。

鎮長率領鎮民趕到現場，把他們團團圍住，大家都很開心看到**功夫凱莉**被擋了下來。她現在被一個老太太**壓在地上**動彈不得。

「**讚！**」群眾歡呼。

「再也不准施展**功夫**了，小姑娘！」鎮長宣佈。「妳答不答應？」

女孩無計可施。「好啦，好啦，我答應！」凱莉說道。

「太棒了！」鎮長說道。

「**讚！**」每個人都大叫。

老太太起身離開，女孩便爬起來。

群眾的鼓譟把拉吉吵醒。撞到頭昏倒一定造成了記憶損傷，他居然高聲宣布：

「超人拉吉 成功拯救蒼生！」

大家沒有閒情逸致去糾正他。

女孩把雙手背在背後，十指交叉。「我答應再也不施展**功夫**。」

「好孩子。」鎮長說。

功夫凱莉

「今後我改施展**空手道！** 她大叫，腿一掃，朝群眾**飛踢**。

不料她踩到拉吉嚼過的葡萄酒口香糖，

上面沾滿口水，害她滑了一跤……

……一屁股跌在地上。

當然啦，女孩熱愛散播疼痛，但超討厭自己被疼痛纏上。凱莉爆哭。

「嗚嗚嗚！」

拉吉抽出一包面紙，這是他之前塞在內褲鬆緊帶裡的。「好了，好了，拿一張面紙。」他說著遞了一張過去。

「謝謝你，拉吉。」女孩吸著鼻子說道。

「一張五便士喔，請付費。」

全書完 *

David Walliams
大衛威廉的話

親愛的讀者，

我本來打算把你也寫進《糟糕壞小孩：鬧哄哄》，但跟你家人談過後，我認為你頑劣到無法在本書中軋一角。但是，別以為你可以就此輕易逃脫，說不定我們還有下一集……

它會在你最意想不到的時候到來！

David Walliams

大衛‧威廉